アレがない人の国

松雪奈々

幻冬舎ルチル文庫

C O N T E N T S ✦目次✦

アレがない人の国

✦カバーデザイン＝齊藤陽子(CoCo.Design)
✦ブックデザイン＝まるか工房

イラスト・カワイチハル✦

アレがない人の国

一

人生の転機というものは、突然、それもなんの前触れもなく訪れるものらしい。

大学で造船工学を学んでいる俺はその日、いつものように屋外の作業場で木造船作製に取り組んでいた。

卒業制作として仲間と共同で作っているのは江戸時代に活躍していた菱垣廻船《ひがきかいせん》の五分の一スケールだ。いまは途中までできた甲板の上で作業をしている。

「田上《たがみ》くん、摺鋸《すりのこ》使うのうまいね」

仲間のひとりが俺の手元を見て、遠慮がちに話しかけてきた。

摺鋸というのは船大工道具のひとつで、板の接合部のなじみをよくするのに用いるのだが、うまいと言われるほど俺の摺鋸さばきが卓越しているとは思えない。手先は不器用で、がさつなほうである。

どういうつもりで褒めたのか。そんなことないだろうと返すべきか、ありがとうと言うべきか。つかのま逡巡《しゅんじゅん》した俺の顔を見て、相手は慌てて宥《なだ》めるように両手を軽くあげた。

「あ、えと、集中しているのに邪魔してごめんね」

作業の邪魔をされて、俺が怒ったと思ったようだ。彼は怯《おび》えた表情をして、逃げるように離れていった。

ほぼおない年でおなじ研究室の仲間であり、つきあいはかれこれ四年になるというのにこの対応。こいつだけでなく、ほかのみんなも似たり寄ったりで、俺を腫《は》れ物にさわるような扱いをする。

理由はわかっている。

俺の顔が極悪人面なのだ。

小学生の頃、小型犬を威嚇しながら歩いていたブルドッグが俺を見て尻尾《しっぽ》を巻いて後じさりしたのを見たとき、俺は悟った。本能で生きる動物が邪気を感じるほど、俺の顔は凶悪なのだと。

いま話しかけてくれた相手も、俺が睨《にら》んだように見えたのだろう。

自分ではふつうにまっすぐに見ているつもりなのに、目つきが剣呑《けんのん》になってしまう。薄い唇が酷薄そうだし、頬骨《ほおぼね》の出具合も悪人っぽい気がする。もし俳優になったとしたら、確実に悪役以外のオファーはないだろう。

体型は細身で、大柄でないぶん周囲に威圧感を与えていないはずなのだが、どうだろう。妙なクスリをやっているから細いのだと思われていたりして。

そんな容姿でも、明るく社交的な性格ならば問題なかったのだろう。強面《こわもて》なのに愛嬌《あいきょう》のあるキャラが売りの芸人がいるが、彼のように笑顔を振りまき、気さくに喋《しゃべ》ることができていたら。

しかし残念ながら俺は容姿に似合わぬ内向的な性格だった。

あいさつひとつでも、どんなふうに声をかけようか、いやそもそも俺が声をかけたりしたら迷惑がられるんじゃ、などといちいち悩む面倒くさい男だ。

頭の中ではあれこれ考えているのだが、考えすぎて言葉を紡ぐことができない。

ベジタリアンで、蚊を殺すのもためらうぐらい殺生をきらう平和主義者でもある。変人か偏屈という部類には入るかもしれないが、けっして極悪非道な男ではない。なのに外見のせいで内面まで凶悪だと誤解されてしまっている。

こんな俺だって人並みに友だちがほしかった。

なにごともはじめが肝心と、中学、高校、大学、それぞれの入学当初、陽気にふるまってみせようと心に誓って登校したんだ。だが気負いすぎていずれも失敗。普段以上に引きつり、すごみを増した表情を披露する結果となってしまった。出だしで躓《つまず》いたのは致命的だった。

その後もどうにか挽回しようと試みたのだが、そう思えば思うほど表情は硬くなるいっぽうで、クラスメイトたちにもあいつはやばそうだ、犯罪を犯しそうなタイプだと誤解され、遠巻きにされる始末。

怖がられないようにとがんばって笑ってみせれば、なにかを企んでいる顔だ、油断したら悪の道へ引きずり込まれるぞと警戒され、冗談を言ってみても、本気で言っているのだと思われてしまう。

そんなだから、誤解されないようにと言葉を慎重に選ぶようにしていたら生来の無口に拍車がかかり、ますます誤解をされている。

どうにかしたいと思いつつ、どうにもできずに二十二歳になってしまった。

大学内で、苗字《みょうじ》ではなく佳里也《かりや》という名前で呼んでくれる人間はいない。

大学だけじゃない。ふり返ってみれば、これまでの俺の人生で、名を呼んでくれるほど親しくなれた友人はいない。嗚呼《ああ》。

寂しさのあまり、インコを飼って名を呼ばせようかと思ったこともあったが、想像したら泣けてきたのでやめておいた。

こんな調子じゃ、社会人になってもひとりぼっちだ。社会人デビューを本気で考えないとな、と思いつつ、俺はため息をついて作業の手をとめ、ひたいの汗を拭《ぬぐ》った。

夏はまだだが陽射《ひざ》しが暑く、のどが渇く。

ちょっと一服しよう。

昨日近所のドラッグストアで特売していたペットボトルのコーヒーを持参してきたのだ。一リットルで八十八円は安かった。今日も帰りに買って帰ろうと思いながらデニムについたおがくずを払って立ちあがり、船のへりにかかる梯子《はしご》のほうへ歩きだして四歩目。

「うわ！」

体重をかけた右足が甲板の板を踏み抜いた。

いや。右足の下には、あるはずの板がなかった。体勢を崩しながらとっさに足もとへ目をむけると、なぜか落とし穴のように暗い空間があいていた。ちょうど俺の身体《からだ》が入る程度の大きさだ。

なんだこりゃ。どうして。

甲板は未完成ながらも、板はすべて敷いてあったはずなのに。てか、理由なんかこの際どうでもいい。落ちる！

「わあぁぁ～っ」

なすすべもなく俺は穴から落ちていく。

五分の一スケールとはいえ、けっこうな高さがある。甲板から船底まで何メートルあっただろうか。死ぬことはなくても骨折はまぬがれないかもしれない。

混乱しながらもそんな思惑が瞬時に脳裏を巡り、衝撃を覚悟して目をつむった。

うつぶせで尻を上げるような変な体勢で落ちたにもかかわらず、地面に落ちた衝撃は思ったほど強くなく、せいぜい二十センチほどの高さから落ちた程度の痛みしかなかった。

ふしぎに思って目を開けると、予想もしていなかった景色が目に飛び込んできた。

そこは二百平米はありそうな広間で、高く白い天井にはシャンデリア、壁の上部には七宝焼のような飾り絵が数十枚ずらりと並び、その下には金箔《きんぱく》で浮き彫りにされたアラベスク装飾が施されている。床は大理石。豪華絢爛《けんらん》であるのに上品な室内は、無教養の一般庶民である俺がひと言で言えば、ヨーロッパの王宮みたいな雰囲気だ。

室内には数人の男たちがいて、驚愕《きょうがく》の面持ちで俺を注視していた。

みんな彫りが深い顔立ちで、髪は金髪か茶髪、目の色は青っぽかったり茶色っぽかったり様々だが、欧米人のような容姿だ。服装は中世ヨーロッパを思わせるような時代がかったもので、腰に剣を携えている者もいる。

俺の目の前には神父のような黒い服を着た老人がひとり立っていて、それを遠巻きにするように数人がいる。部屋の奥の一段高い場所にはやたらとでかくて装飾華美な椅子《いす》があり、それに見合った服装をした中年男性がすわっている。

まるで映画の撮影現場のような光景だ。

はて。

俺、制作途中の木造船から落ちたんだよな？

それなのにどうしてこんな場所にいるんだ？

疑問を抱いたのとほぼ同時に身体に違和感も覚え、身を起こしながら見おろしてみれば、俺は全裸だった。

どええっ？

「な、な、なんで」

焦って股間を手で隠し、周囲を見まわすが、状況がさっぱりわからない。甲板から落ちて意識を手放したわけでもなく、記憶は連続している。にもかかわらず、この場所、この格好。俺はいったいいつのまに服を脱いだんだ。

パニックしていると、目の前にいた老人が俺にむかって興奮気味に喋った。

「聖なる乙女」

聞こえたのは日本語だった。

「聖なる乙女よ」

もういちど、老人が俺にむけて言った。

「言葉は通じておるかな」

老人が俺の前に膝《ひざ》をつき、顔を覗《のぞ》き込んでくる。灰色の瞳、しわだらけの白い顔、真白いひげ。彼の顔で目の前がいっぱいになる。

な、なんだ⁉

いきなり見慣れぬ外国人に顔を突きつけられ、なにをされるのかとびびった俺はすこしのけぞった。

老人が首をかしげる。

「通じておらぬのか？」

乙女だとか意味不明なことを言われた気がするが、老人の声は聞こえているし、言葉も日本語だと理解できる。

「聞こえているなら頷《うなず》いてみてくれぬか」

いちおう聞こえているので、おそるおそる頷いてみせた。

「おお、よかった。聞こえておるな」

もういちど頷いてみせると、老人が嬉《うれ》しそうに目を細めた。それから老人は立ちあがり、壇上にいる中年男性をふり返った。

「陛下。ご覧のとおり、我らが救世主、聖なる乙女を召喚いたしましたぞ」

陛下と呼ばれた壇上の中年男は、憂い顔で俺と老人を交互に見る。

「たしかにそのようだな……しかし、異人種ということなのか」

「それはそうでありましょう。なにしろ大陸外から呼び寄せたのですから、大陸の女性とは異なる点は多々ありましょう」

「同種のほうが望ましかったが……しかたがないのだな」

「恐れながら陛下。もう、同種族の女性は存在しないというのが我ら魔道師会の見解でございます。陛下もその点はご理解いただけていたのでは」

陛下のほうも日本語なのだが、話の内容が理解できない。というか、全裸なことが気になって聞いている余裕がない。

とりあえず誰か俺に服をくれ。

「そうだな……。キワノ、よくやった」

歯切れ悪く受け答えしていた陛下は吹っ切ったように語調を切り替えて老人にねぎらいの言葉をかけると、横に控えていた男に小声でなにか言った。

男はいったん席を離れると布を持って戻ってきて、俺に差しだした。

「あとできちんとした服を用意いたしますが、いまはこれを纏《まと》っていただけますか」

受けとって広げてみるとそれは大きなマントだった。

助かった。いくら男だって全裸でいるのは落ち着かない。俺は遠慮なくそれを羽織った。

身体を隠し終えると、俺は改めて室内を見まわした。

室内にいる人間は全部で二十人ほど。全員が俺に注目しているが、その表情は様々だ。真顔だったり、気難しげだったり、目を輝かせていたり。

服を着て多少落ち着いたが理解は進まない。

なんど記憶を検《あらた》めても、木造船からの落下後、ここへ来た記憶はない。気づかぬうちに気を失ったのだろうか。だとしても、ここはどこだ？　みんな誰だ？

この状況はいったいどういうことか、誰かわかるように説明してくれ！

不安をのせた瞳をさまよわせていると、壇上から陛下が声をかけてきた。

「救世主たる聖なる乙女よ」

彼はしっかりと俺に顔をむけて呼びかけた。聞き違いではなく、たしかに乙女と言った。なんなんだ。さっきから、女性がどうとか聞こえてきたが……。

「わしはこのデシデリア国の国王、アリオという」

デシデリア国とは聞いたこともない国名だ。

ヨーロッパのどこかに新しくできた小国だろうか。そんなニュースは聞いてないけど。しかし日本にいたはずの俺がどうして。

「突然のことでさぞ驚いているだろう。なぜこんな場所にいるのか、と」

そう、それをとても知りたい。切実に知りたい。

無意識に頷くと、王もゆっくりと頷いた。

「ではまず、この国の事情を知ってもらいたい」

股間を隠して心に多少のゆとりができたせいだろうか、俺に話しかける王の顔を見ていたら、不自然なことに気づいた。

聞こえてくるのは日本語だが、口の動きと声がずれているのだ。

映画の吹き替え版を観ているような感じだ。そういえば王だけでなく、老人もマントを持ってきた男もそうだった。

「じつは我が国では二十五年前、原因不明の感染病の流行によって女性が絶滅してしまったのだ」

吹き替えの奇妙さは気になるが、それ以上に語られている内容が突飛すぎて、俺は目を丸くした。

オオカミが絶滅とかトキが絶滅じゃなく、女性が絶滅だって？

「女性のみが感染し、男性はひとりも感染しない、摩訶《まか》不思議な病だった。感染病が確認されてから絶滅に至るまで、ほんの半年のことだった。我が国だけでなく周辺諸国も含め、この大陸全土で生き残った女性はひとりもおらぬ」

俺は言葉もなく、王の顔をぼんやりと見つめた。

おい。女性が絶滅した大陸ってどこだよ。

俺は新聞をとってないしテレビもろくに見ないし、世情を論じる友人もいないが、そんな大きなニュースがあれば、さすがに俺の耳にも入るはずだ。でもそんな話は聞いたことがない。

女性が絶滅した大陸……南極大陸だったらありえるか……いや、それでもやっぱり変な話だ。あきらかに日本人じゃないのに日本語が通じるし、それなのに日本語を喋ってる感じゃないし……。

「そこでだ。人類存続のためにそなたを魔術で召喚した」

さらりと言われてしまった。

幼児の会話ならばわかるが、大の大人が「魔術で召喚」って……。大まじめに言うセリフではない。かといって冗談とも思えない、きまじめで深刻な表情。

「あの」

俺は王の言葉を途中で遮った。普段の俺ならば初対面の相手に自分から話しかけることなどないのだが、あまりにも話がぶっ飛びすぎていて黙っていられなかった。

「なんだ」

「召喚って……。あの。ここって……どこですか」

「デシデリアだ」

「いや、あの。地球じゃないんですか」

「そういう場所ではないな」

王は地球と言われてもピンとこないらしい。

地球を知らないって……召喚って……そんなばかなと思いながら視線を床に落とすと、俺の足もとには魔方陣のようなマークが書かれていた。よくわからない記号の羅列が円を形作っており、その中央に俺がいる。

「これ……」

漫画じゃよく見るが、この目で見たのは初めてだ。

こんなもので本当に人を移動させることができるのか。俺はこれによって、地球ではない異世界に召喚されてしまったというのか。

信じられない思いで魔方陣を凝視する俺に、王が説明を続ける。

「そこにいる魔道師キワノが魔術を用いて、国を救う救世主としてそなたを呼んだのだ」

異なる大陸の者は言葉も違うだろうということで、言葉が通じるような魔術も施したとの説明が続いたが、その辺まで来るともう俺の耳は聞いちゃいなかった。

うそだろ？

魔術で召喚なんて、ありえない話だ。

百歩譲ってありえたとしても、どうしてそれが俺なんだ。人類存続のために召喚したっていうけど、俺は内向的なただの大学生だ。ここの女性を絶滅させたという感染病に精通しているわけでもなければ女性問題のスペシャリストでもない。呼ぶ相手を間違えていないか。

「女性が絶滅して、その問題を解決するために俺を召喚したというんですか」

「そうだ」

「俺にどうやって、問題を解決しろと？」

「そなたにはぜひ、我が国にて子をなしてほしい」

「……。はい？」

子？　子供？

俺に子供を作れと？

女性がいない国で、どうやって？

「乙女よ。そなたの名は」

さっきから、俺にむかって乙女というのが気にかかる。

「田上佳里也と言いますが……あの、乙女って」

「カリヤというのが名前か」

「はあ。あの、乙女というのは」

「年齢を訊《き》いてもよいか」

「二十二ですけど、だから、あの」

「カリヤよ。我が息子、リキャルドがそなたの相手をする」

息子が俺の相手？

ぽかんとする俺の後方から驚きの声があがった。

「はあっ⁉」

声の大きさにびっくりして思わずふり返ってみると、そこには美形の男がいた。

年齢は二十代後半ぐらいだろうか。まっすぐな眉に青い瞳、高い鼻梁《びりょう》に引き締まった口元、男らしいあごのライン、どこをとっても力強い意志を感じさせる、自信家の顔だ。

いやはや、本当に目が覚めるほど整った、品のある顔立ちで、スタイルもいい。

俺みたいな極悪人顔とはとても比べものにならない、比べようと思うことすらおこがましくなるようなとんでもないイケメンだ。うらやましすぎるぜ。ストレートの長い金髪は後ろでひとつに括《くく》っているのだが、そんな髪型が似合うのも美形ならではだろう。ふつうの男が長髪にしていたらオタクにしか見えないだろ。こんな美形に生まれたらどんな気分なのか想像もできないな。当然女子にモテモテ……あ、でもここに女子はいないのか。

あまりの美形っぷりにひたすら感心し、間抜けに口を開けてため息をついて見ていたら、その男と目があった。とたんに男はきゅっと眉を寄せ、不快そうに顔をしかめた。かと思うと俺から視線をもぎ離し、シルクっぽい上質そうなブラウスの襟を正しながら一歩前へ出て、王へ苦言する。

「父上、なにをおっしゃる。そのような話は聞いておりませんが」

「いま決めたのだ。リキャルド、年齢的にもおまえがちょうどよい」

どうやらこの男が王の息子のリキャルドらしい。

「しかし。この者は、私には男のように見えます」

「口を慎みなさい。女性に失礼なことを言ってはいかん」

リキャルドがものすごく嫌そうな顔で俺を見た。

「女性……これが……？」

「おまえは女性を見たことがないのだったな」

「いや、しかし、肖像画で見るのとは、ずいぶん雰囲気が異なるのでは……」

「肖像画は本物を修正して描かれるものなのだ。すこし黙りなさい」

王はリキャルドにぴしゃりと言うと、俺に謝罪した。

「カリヤ、礼儀がなっていない息子で申しわけない。愚息は女性と接したことがないのでな、どうか許してやってほしい」

えーと……。

俺、もしかして女性と間違われているのか……？

この、強面の俺を……？

しかも股間をばっちり見られたはずなのに——いやまあ、ばっちり見られたのは尻のほうで、前のほうはちらっと見えただけかもしれないが、でもちらっとでもじゅうぶんだろ。

欧米人並みの体格の彼らから見たら細身で小柄かもしれないが、でも女性らしい丸みはないし、なによりこの極悪人顔だ。俺のどこに女性と間違う要素があるというのか。

「本来ならばまず婚約、婚姻してからという話になるのだが、先に発表してしまうと国民に期待させてしまうだろう。そなたにもプレッシャーとなるだろうから、懐妊してから婚姻の発表をしたいと思う」

「あの。俺、男ですよ」

これもやっぱり突飛すぎて、考えるより先につっこんでいた。

「カリヤ？」

しかし王は俺がなにを言っているのかわからないと言いたげな困惑した顔をして俺を見つめ、次いで魔道師の老人へ目をむけた。すると老人は、わかっているとでも言うように自信ありげに頷いた。

「陛下。聖なる乙女は、突然見知らぬ場所へ呼ばれ、見知らぬ男性の相手をしなくてはならぬと聞き、困惑しているのでございましょう。男だと言えば、使命をまぬがれると思っているのやもしれませぬ」

「なるほど。さもありなん」

いや、ちょっと待てよ。本物の女性だったらそれもありえるが、俺、どこからどう見たって男じゃないか。

「リキャルド。おまえがそんな態度だから、カリヤの機嫌を損ねたのだぞ」

王は息子をたしなめ、俺に申しわけなさそうな顔をする。

「カリヤ。いくら現在女性がいないと言っても、二十五年前まではいたのでな。わしは女性を知っておる。女性ではないなどという訴えは、わしには通用しない」

いやいやいや。

息子がいるってことは、当然女性を知っているだろうけども、だからこそどうして俺を女性と間違えられるのか。

「いきなり初対面の男の相手を、などと言われて頷けるはずもないだろう。無理は承知している。しかしな、こちらもあとがないのだ。全人類の未来のために、どうか聞き入れてほしいのだ」

「いや、あの。お言葉ですが、本当に俺、男なんですけど」

自分にできることならば考える余地はあるが、男同士で子作りは無理だ。

視界の端にリキャルドの嫌そうな顔が見える。嫌そうなだけでなく、珍獣でも見るような目つきで俺を観察している。

そりゃそうだろう。こんな強面な俺が女性に見えるはずがない。

王も老人も、俺を女性と言い切る根拠はなんなのだ。

老人が慰めるように俺の肩を叩《たた》いた。

「カリヤ。不本意なことだろうが、我らはおぬしの女性である証《あかし》をこの目でしかと見たのだ」

いや、見てないでしょ。

「なにを見たって言うんですか」

ただの興味だけで尋ねたら、老人が辺りを憚《はばか》るように小声で言った。

「だから……女性器だ」

俺はぶほっと噴きだした。

「んなもん、ないですよっ」

ふざけているのか!?

あまりにもばかげていて半笑いになってしまったが、老人のほうは大まじめだ。

「胸は女性にしてはちいさいようだが、股間のほうは、しっかりと確認させてもらった」

「は？　股間のほうって」

しっかり確認したのなら、間違えようがないはずだが。

「諦めて、受け入れてくれ。さあ、別室を用意してあるので、そちらへリキャルド様といっしょに移ってくれたまえ」

「いや、あの、本当に確認したんですよね？　俺、女性器なんてないですよ？」

俺を女性と疑っていない様子に不安になって、こちらも大まじめに否定するが、老人は哀れむような顔をするだけだ。

「あの、本当に俺、男なんです」

「まあまあ」

しまいには宥めるように肩を叩かれ、立ちあがらされて、別室へ連れていかれそうになった。

なんだ。なんなんだよ。

どうして理解を得られないんだ。

本気で俺を女性だと思っているのか？　どうして？

「ちょ、ちょっと待ってください！」

強い力で腕を引かれ、俺は焦って声を張りあげた。

「俺は男です！　女性器なんかない！　俺の股間にはちんこと肛門しかない！」

思わず身も蓋《ふた》もない発言をしたら、老人が首をかしげた。

「肛門？」

言葉の意味がわからないのか、ふしぎそうな顔をしている。

魔法の翻訳機能がうまく作動していないのだろうか。違う言い方なら通じるか？

「コウモン、です。食べ物を食べたあと、排泄物をだす器官の」

俺の説明に対する老人の答えはこうだった。

「そんなものは、人類にはない」

なん……だと……。

衝撃のあまり、俺はどんな反応もできなかった。

「ない？」

「ないな」

俺と老人はしばし顔を見あわせた。ただひたすら、老人のしわだらけの顔を無言で見つめた。

老人はあくまでも真顔で真剣だ。

肛門がない、だと？

ということは、あれはどうなる。

「え……と。食べたものはどうなるんです」

「身体が吸収するに決まっているだろう」

なにをふざけているんだと言わんばかりのあきれ顔をされてしまい、俺は呆然《ぼうぜん》とするしかなかった。

えっと……人種が違うなんて生易しい表現でいいのか？　こいつら、おなじ人間ってカテゴリーでいいのか？

「なるほど。女性器のことを、べつの器官だと言って逃れようとしているのだな」

「いや、ちが――」

「聖なる乙女、カリヤよ。気持ちはわからなくもないが、そなたに選択肢はない。リキャルド王子の妻となることを、どうか受け入れてほしい」

受け入れられるか！

「いや、んな……無茶言わないでください」

「リキャルドとふたりきりになれば考えも変わるかもしれぬ。ちと強行手段をとらせてもらおう。――カリヤを白百合の部屋へ案内しなさい」

王の合図で兵士らしき男ふたりが動き、俺を拘束する。

「ちょ……なにするんですか！」

「ちょっと待て！　私の意思は！　私だってこんな男のような者の相手などごめんだ！」

リキャルドが訴えながら俺のほうへやってきた。しかし。

「リキャルドも連れていけ」

王の命令により、彼も兵士数人に拘束されてしまった。

俺たちはいっしょに広間から連れだされた。

二

広間から連れだされると、広い廊下に出た。

ヨーロッパの城っぽい雰囲気、といっても俺はヨーロッパの城へ行ったことはないし詳しくないのであてにはならない。一概にヨーロッパの城といっても場所や年代によって雰囲気がまったく違うだろうし。

そうそう、赤坂の迎賓館《げいひんかん》。あれを数倍広くした感じに近いかもしれない。あそこは一見欧風なんだが、ところどころに和風の装飾があってふしぎな雰囲気がある。ここも、欧風だけど異質な装飾が随所にあって、異世界の城なんだなと思わされる。

兵士の肩に担がれた状態で延々と廊下を進んだのちに階段をあがり、とある一室へ運ばれた。

扉を開けるとまず三畳ほどの待合のような空間があり、その奥にある扉を開けると三十畳ぐらいの寝室になっていた。

中央に天蓋《てんがい》付きの大きなベッドがあり、部屋の隅にグラス類が置かれた棚がある。ほかにはなにもない。壁には絵などの装飾はなく、ちいさめの腰窓がひとつあるのみ。

俺はベッドに、リキャルドは床におろされた。

「それでは失礼いたします」

兵士たちは俺たちをおろすなりきびすを返す。そんな彼らといっしょになって、リキャルドも扉のほうへ歩きだす。

「待て、おまえたち、私は納得していないんだ。父上のところへ戻るぞ」

「殿下、国王命令ですので」

彼は強引に部屋から出ていこうとしたが、複数の兵士たちに押しとどめられた。

リキャルドはけっして兵士に引けをとらない身体つきをしているのだが、多勢に無勢、力負けして部屋に押しやられた。

兵士たちが出ていき、扉のむこう側から大きな金属音が響く。

「くそっ!」

リキャルドは忌々《いまいま》しげに扉を蹴ると、部屋を突っ切って反対側にある窓辺へ行き、窓に手をかけた。しかし窓には外側から鉄格子がはめられている。ますます苛立《いらだ》ちを募らせたように舌打ちし、髪をかきむしったかと思うとこちらをふり返った。

王族らしい気品と、自信家らしい威圧感が混在するまなざしがまっすぐに俺を射貫く。

「俺は、おまえとはしない。絶対しないぞ」

青い瞳をぎらぎらと光らせ、忌々しげに俺を睨んでアグレッシブに宣言した。

「人類の存続がかかっているとしても、俺はごめんだ。ほかの男がすればいいのに、どうして俺がしなきゃいけないんだ。こんな、こんな……どこから見ても男じゃないか！」

そうだとも。俺は男だ。

こいつは王たちと違い、わかっているようだ。

だけどなんか、カチンとくる言い方だよな。

文句だったら俺のほうが言いたいんだ。

いきなり異世界に素っ裸で召喚されたかと思ったらそこの住人は肛門がないだの女性が絶滅しただの、だからおまえが子供を産めだの、怒濤《どとう》のごとく次から次へとわけのわからないことを言われ、なにひとつ受け入れられない状況だというのに、俺を呼んだ側の人間に怒りをぶつけられ、冷静でいられるだろうか。

いられるわけがない。

無口で内向的な俺も、黙っていられなかった。

「そんなの自分の父親に言えよ。子作りしろとかふざけたことを言いだしたのはそっちだろ。俺だって好きでここへ来たわけじゃないんだ」

遠慮なく喧嘩《ケンカ》口調で言い返したら、リキャルドが端整な顔をムッとさせて俺を真っ正面から見返してきた。

「おまえ、口の利き方がなってないな」

「そっちこそ。救世主にそんな口の利き方したら、またパパに怒られるぞ」

相手は王子で、きっとこの国では偉い人の部類に入るのだろうし、こんな美形に真っ正面から見つめられると気後れしてしまって目をそらしたくなるが、あえて強気で言い返した。

「王子ならば国に対する責任があるだろ。すこしぐらい我慢しろよ。えり好みしてる場合じゃないんだろ。俺なんか、この国とは無関係なのに召喚という名の拉致をされて、男と寝ろと言われてるんだぞ。完全に被害者だ」

実際にえり好みせず口説かれたら、それはそれで困るのは俺なんだが、燻《くすぶ》る怒りをぶつけたいだけなので内容は二の次だ。

「国のために犠牲になれというのか」

「それぐらいの覚悟はもっておけよ。国民の税金で食ってんだろ」

「税金を徴収していたら奴隷のように生きねばならんのか。私以外にも王族はいるのだから、ほかの者がやればいい」

王族の威厳やらイケメンオーラやらに押されそうになるが、その不遜《ふそん》な物言いにイライラが募る。

むこうもおなじようにむかついているようで、俺を見る目つきがはじめよりも険悪になっている。

互いに睨みあい、こいつとはそりが合わないようだと認識しあったところで、リキャルドが唐突に命令してきた。

「おい、そこからおりろ」

「なんだよ、やるのか」

「そうじゃない。風呂にも入っていない身体でベッドにあがるな」

なんだこの男。この話の流れでそれが気になるって、潔癖症かよ。

だいたい風呂にも入っていない身体って、どうして決めつけるんだ。そんなに汚そうに見えるはずはないんだが。

「好きであがったんじゃない。ここにおろされたんだ」

「いいからおりろ。おまえ、その汚いままの足で広間を歩いていただろう。不潔きわまりないな」

初対面の相手にそこまで言うか。

俺は身だしなみや衛生面に関してはさほど気にしないほうなので、そういうことに細かいタイプは面倒だなと思う。やっぱりこいつとはそりが合いそうにない。

「くそ、そのベッドで今夜は寝なければならんとは……」

心底嫌そうにぼやかれる。もしかしてここはリキャルドの部屋だったのだろうか。

「ここはあんたの寝室なのか？」

「違う」

「でもここで寝るんだろ？」

もし自分のベッドならば他人に乗られるのは嫌かもなと思い、素直にベッドからおりようとしたら、小馬鹿にしたように鼻を鳴らされ、見おろされた。

「わかっていないのか。おまえ、相当バカだな」

おい。

「私たちはこの部屋に監禁されたんだぞ」

「え」

バカと言われてムカッとしたが、続いたセリフにいったん怒りを忘れた。

「監禁だって？　そんな、どうして。あんた、王子なのに」

あまり意味のない言葉が口をついて出る。するとリキャルドがますます嫌そうな顔をした。

「その耳は飾りか。話を聞いていただろう。私たちがセックスするまで父上はここに閉じ込めておく気だ。ここは監禁するための部屋で、鍵は外についている」

そういえば兵士たちが扉を閉めたときに鍵をかけるような音が聞こえたが、つまり廊下側から鍵をかけられたってことなのか。

セックスするために強制的にこの部屋へ連れてこられたのは理解しているが、監禁されただなんて聞いていない。

それも、セックスするまでだと？

あ然とする俺を見て、リキャルドがひとつ息をついた。

「おまえ、自分は男だと言っていたな」

高圧的な態度は変わらないが、声のトーンがすこし落ちる。

「俺の場所からはおまえのその……身体がよく見えなかったんだが、本当のところ、どうなんだ」

「男だ。男以外の何者にもなったことはない」

「ではなぜ、父上たちは女性だと言っているんだ」

知るか。こっちが聞きたい。俺のちんこを見たはずなのに、どうして女性と思うんだ、とつっぱねて自分の殻に閉じこもりたいところだが、老人のセリフから予想もできていた。

「……肛門を女性器と間違えたみたいだな」

リキャルドの視線が、ベッドの上にいる俺の腰に下がった。

「肛門というのは、女性器とは違うのか」

「違う。消化管の一部だ」

改めて肛門の働きを説明してやったら、リキャルドが顔をしかめた。

「気味が悪いな」

それはこっちのセリフだ。

食べたものをすべて吸収するったって、胆汁やら膵液《すいえき》やらだって排出されるだろうに、そういうものはどうなるんだ。身体の構造そのものが違うってことなのか。

「その肛門は、女性器と間違えるほど、見た目が似ているのか」

「そんなことはないけど……あーでも、どうだろう」

肛門がないような人種なんだもんな。ほかの器官の見た目も俺たちとは違うってことはありえるだろう。服の上からだと変わりないように見えるけど。

「ともかく俺の肛門は女性器じゃないんで、つっこんだって子供はできないぞ」

俺の人生でこれほど肛門肛門と口にしたことはかつてあっただろうか。

ちょっとげんなりしたとき、ふと、どうでもいい疑問が湧《わ》いた。

「なあ。肛門がないってことは、ゲイはセックスできないのか」

青い瞳がきょとんとした。

「どういう意味だ。ゲイ、というのは、男が好きな男のことだな。おまえたちの人種はゲイでもセックスできるのか」

「男同士でしたいときはそこを使うんだよ」

「子供はできないのに？　なんのために」

「快楽とか、愛情表現とか、そんな感じで」

リキャルドがあごを撫《な》で、しげしげと俺を見てひと言。

「変な人種だな」

そのセリフ、そっくり返したいぞ。

ちなみにあとで聞いたところによると、この国ではゲイという概念はあるけど、実際に男同士で恋愛に発展することはないそうだ。

「とにかく俺は男なんで、国を救うとか無理だから、もといた世界に戻してくれよ」

「それは無理だ」

「あんたは無理でも、魔道師や王様を説得すればいいだろ」

「返す手段はないと聞いている」

「……は」

絶句する俺にリキャルドが淡々と説明する。

「呼び寄せる魔術はあるが、こちらからどこかへ移動させる魔術はないそうだ。本当は方法があるのかもしれないが、その技術を会得した者がいないから魔道師会が手段はないと言っているだけかもしれんが。いずれにせよ返すことは不可能だ」

「……。つまり、俺、日本に帰れないのか？」

「おまえが自力で帰ることができるならば、帰れる」

いかにも他人事《ひとごと》な返答を耳にしたら、身体が震えた。震えの理由は怒りか、不安か。衝撃が強すぎてもはや自分でも判別がつかない。

「返せないとわかっていて、それでも召喚したっていうのか」

「だから議会で議論が紛糾した。ある意味、これは拉致だろう。呼ばれた人物の運命を狂わせる、非人道的で倫理的にも問題のある行為だ。私も反対だった。だが人類存続のためにはほかに手段がなく、賛成派が過半数を超えて、実行された」

全然こちらのことを考えていないような、淡々とした口ぶりで語られた。

本当に本当なのか？

そう尋ね、縋《すが》りつきたいが、端整な顔を目の前にすると二の句が継げられず、俺は呆然とリキャルドの顔を見つめることしかできなかった。

どうかうそだと言ってほしい。しかし目の前の男は不機嫌そうに鼻を鳴らすのみ。

俺はなんどか浅い息をくり返し、ショックで縮こまる舌をどうにか動かした。

「本当に……帰る方法はないのか」

声はかすれ、表情も取り繕う余裕などなく、俺のショックの大きさは一目瞭然のはずだ。

だがそんな俺に対する男の返答はこうだ。

「くどいな。私は魔道師ではないから知らん」

あいかわらず傲岸《ごうがん》な態度。徹底して他人事である。

おい、その言い草って、ひどくないか？

もうすこし気にかけてくれたっていいじゃないかと思うのは俺の甘えか？　そんなことは

ないよな、この状況だぜ。ふつうだったら、心の中でどう思っていようと、表面上はもうちょっと同情的な物言いをするもんじゃないのか？

こいつ、なんて冷たいやつなんだ。

こっちの身にもなってみろよと言いたい。

人の気持ちがわからないのか。心がないのか。人並み外れたイケメンなのは、もしかして感情がないからか。

帰れないという事実に重ねてリキャルドの冷たい態度にも驚き、文句が湧いてくる。が、ショックが大きすぎて言葉にする余裕もなかった。俺は呆《ほう》けたように窓の外へ視線をむけた。

俺の立ち位置から見えるのは青い空のみ。空の青さは日本と変わらない。

帰れないのか……。

親しい友人はいないし、家族との縁も希薄だった。俺が突然いなくなっても誰も気づいてくれないかもしれないけど。でもなあ。

これからこの得体の知れない世界で暮らさなくてはならない。そう心の中で反芻《はんすう》してみても、現実感が伴わず、漠然とした不安が押し寄せるだけだった。

「帰る手立ては本当にないか、魔道師に確認してやる。帰れなかったとしても、生活は国が援助してくれるだろうから案ずるな」

さすがに気の毒に思ったか、リキャルドがそんなことを言ってくれた。

はじめていたわるような言葉をかけられた。心なしか青い瞳が優しそうに見える。そうだよな、こいつも人の心を持ちあわせているんだな、よかった。冷たい態度をとられたぶん、優しさが心に染みるぜ、と思っていたら、

「だからとにかくそこからおりろ。せめて端に寄れ」

と続いたセリフにガクッとした。けっきょくそれが気になるか。

「あんたなあ」

いろんなショックよりも、目の前の男に対する腹立たしさが勝る。

俺はムカつきながらもベッドの端に腰掛け直した。

本当にやなやつだな。

こんな状況でなければこれ以上口を利きたくないのだが、この世界の情報が必要な俺としては話さないわけにもいかない。現在、話を聞くことができる唯一の相手なので渋々話を続ける。

「これからどうなるんだ、俺たち」

「抱きあわないことには、父上もここからだす気はないだろうな」

「俺は抱きあうつもりはないぞ」

「私だってごめんだ」

「じゃあどうするんだ」

なんて不毛な会話だ。

この男とセックスするしかないのか。意地でも拒否し続けたら待遇はどうなるんだろう、と新たな不安を抱きはじめたそのとき、リキャルドがひと呼吸置いて提案した。

「おまえが男だと証明する手立てはないか。おまえが正真正銘男だとわかり、父上を納得させることができれば、回避できる」

おお、そうかもしれない。

いいぞリキャルド。その方向性でいいかもしれない！

「もういちどしっかり裸を見せればいいのか」

自分が見世物みたいで嫌だが、ナニをしっかり見せれば納得してくれるだろうと思ったが、リキャルドが首をふる。

「いや。それでは両性具有と認定されるだけだろうな。魔道師は女性を召喚したと言っているんだ。魔道師会の威信にかけておまえを男と認めたがらないだろう」

「んなばかな」

「ばかなことじゃない。プライドの高いやつらだ。下手《へた》をしたら切り取られるぞ」

ひええ。じゃあどうすりゃいいんだ。

男の証明。そんなこと、これまでの人生で考えたこともなかった。

ナニを見せても男だと信じてくれない人種を相手に、どうやって証明すればいいのか。

「DNA鑑定なんて、ここはできるのか」

「なんだそれは」

「……無理か」

リキャルドの怪訝《けげん》な表情を見て無理だと悟った。

日本だったら簡単な科学的検査で立証できるが、ここはそんな技術が発達している世界ではなさそうだ。

またふりだしだ。もう、どうしたらいいんだ。

俺はいい案も浮かばず、リキャルドに縋るような目をむけた。

「逆に聞きたい。この国で男の証明といったら?」

「そもそも男しかいないから証明など必要ない」

考えるそぶりもなくきっぱりと断言された。

「あのな。そんな突き放した言い方するなよ。証明する手立てが必要なんだから、あんたも考えろよ」

ちょっと当てにした自分がバカみたいじゃないか。

ムッとして言うと、リキャルドが腕を組んで黙り、しばし考えた末に口を開いた。

「女性がいた頃から、剣技は男のものとされていたな」

俺は首をかしげた。

「剣技って、竹や大根を切って見せたり？」

「大きく分けて二種類ある。技の技術、美しさを競うものと、実際に剣を交えて戦うものだ」

兵士たちが携えていた剣を思いだす。

ちらっと見た感じでは、まっすぐで細身の、日本刀のような剣だった。

俺は小学生の頃、二年間だけだが剣道を習ったことがある。遊びの延長のようなものだったから素人《しろうと》同然だし、ルールもほとんど忘れているが、まったくの素人よりは、剣での戦いというものに親しみを持っている。日頃船大工をしているから体力には自信がある。

この国の剣の作法も知らないので美しさを競うというのは無理だが、一対一の戦いならば、付け焼き刃でもなんとかなるだろうか。

これはなかなかいいアイデアかも。

「勝てなくても、いい線まで戦えれば男と認めてもらえるか」

「そうだな」

「じゃあ、戦おう」

「できるのか」

「するしかないだろ。相手はあんたでいい」

男の眉が意外そうに跳ねあがった。

「私と？」

「強いのか」

「一番ではないな」

なんだその言い方。

もしかしてけっこう強いのか。

でも事情を知っているのだし、こいつだって俺を抱きたくないというのだから、手加減してくれるだろう。

不本意だけど、こいつと俺の目的はおなじ。ここで一致団結してことにあたればきっといい結果になるはずだし、リキャルドも協力してくれるに違いないと期待を込めた目で見た。

凶悪な目つきだけど。

うんうん、なにか一筋の光明が見えたぞ。

ちょうどそこに俺たちの世話をしてくれる侍従が着替えを持ってきたので、その件を伝えた。

よしよし、いい感じ、と思ったのだが、渡された服は真っ赤なドレスだった。薄い素材で、上半身の布の面積がやけにすくない。しかもどう見ても、俺の胴体が入るとは思えないほどウエスト部分が細い。スカート部分はくるぶしよりも丈が長そうで、ボリュームたっぷりだ。リボンやらフリルやらがこれでもかというほどついていて、ずっしりと重い。

それだけでなく、下着も渡された。トランクスっぽい形のものはパンツだろう。それはいいが、ブラジャーとコルセットまであった。

なんだこりゃ。やっぱり女って信じられているのか……？

嫌すぎる……。

こんなもん、着られるわけがないぜ。

俺の強面がますます凶悪になるのを自覚しつつ下着をつまんだら、リキャルドも顔をしかめた。

「着なくていい。試合の許可がおりたら、試合用の服が届くだろう。正式な試合の場合、服装も規定がある」

それから約三十分後、試合の許可がおり、リキャルドの言うとおり男性用の服がワゴンで届いた。

それだけのことで、すこぶるホッとした。

白の長袖シャツに黒の長ズボン、膝丈《ひざたけ》のロングブーツ、なめし革製の手袋と胸当て。ぱっと見、スペインのマタドールの衣装っぽい雰囲気だ。

俺のサイズや好みがわからなかったとのことで、どれも三種類ずつ用意してもらった。

リキャルドに背をむけてささっと着替えることにする。

帰れる帰れないはともかく、ここから出ることが先決だよな。男とセックスなんてありえないぜ。

そんなことを思いながらマントを脱ぎ、シャツを手にした俺だが、そこで動きをとめた。

シャツのボタンの位置が複雑で、どこにどれを留めたらいいのかわからなかったんだ。異世界の民族衣装の知識なんぞ俺は持ちあわせていない。自国の民族衣装である着物だって満足に着られないけどな。

「どうした」

「どうやって着ればいいんだ」

ふりむくと、そんなこともわからないのか、とでも言いたそうな顔があった。

「わからないのか?」

くそ、やっぱり言われた。

「初めて見る民族衣装なのに、着方がわかるわけないだろ」

「しかたがないな」

リキャルドが面倒くさそうにため息をついて近づいてくる。

俺はいま全裸状態だ。無防備なところに近寄られて無意識に身体がこわばってしまったが、恥ずかしがっていると思われるのは癪《しゃく》なので平静を装って視線をワゴンへむける。

「そういえば、下着はどれだ」

「これがそうだ。まずはじめにこれを着る」

リキャルドが俺の手からシャツをとりあげた。

「いや、下半身用というか……女性ものではパンツがあっただろ」

「ああいうものは男は穿《は》かない」

きっぱりとした返答に俺は口をつぐんだ。

まじか。

そうか……肛門がないからあまり必要がないのか……？

戸惑っているうちにシャツの袖を腕に通された。着せやすいようにリキャルドが俺の正面へ移動する。

前開きのシャツの、左右の襟元を手にした彼が、わずかに動きをとめた。その視線が、俺の身体に注がれているのを感じる。

落ち着かず、身体を隠したい衝動に駆られる。おい、と声をかけようと思ったが、それより先に男の動きが再開された。

「……このボタンはこの穴にはめる。次にこのボタンをこの紐《ひも》にくぐらせるんだ」

シャツは丈夫そうだがしなやかで薄い素材だ。男の指の感触や体温をシャツ越しに感じた。素肌にじかにさわられているとまではいかないが、すごく生々しい感じがする。ふたりの距離もこれまでになく近い。

なんとなく妙な気分になってしまい、どこを見たらいいのかわからなくなって、不自然に視線を泳がせてしまう。

なに意識してるんだよ俺。

人とこんなふうにスキンシップした経験が皆無だから、慣れないことに緊張しちゃうんだよな、きっと。セックスしろなんて言われた相手だし。

そんなふうに言いわけしているうちにシャツを着終えた。次はズボンだ。

「これは自分で穿けるな」

「ああ」

さすがに脚をズボンに通すことぐらいはできる。両脚を通し、ズボンを腰まで引きあげたところでリキャルドが手を伸ばしてきた。

「ここの紐はこっちへ通すんだ」

ズボンのベルトの通し方も一見しただけではよくわからなかったが、こちらが頼む前にリキャルドがやってくれた、のだが。

「え、あ、ちょ……っ」

急に股間をさわられて、焦った声が出てしまった。

「なんだ」

至近距離から青い目が見返してくる。そのすこし不機嫌そうなまなざしを見たら、慌てている自分が恥ずかしくなって口ごもってしまった。

「いや……なんでもない」

リキャルドは淡々とズボンのベルトを留め終えると、ブーツや胸当ての装着も手伝ってく

れた。意外と面倒見がいいのだろうか。助かるが、股間を他人にさわられるのはちょっと……。すごくしっかり見られたし。

まあ、あれだ。これでリキャルドも俺のイチモツを確認したわけだし、よしとしよう。うん。

自分に言い聞かせ、身支度が調ったところで剣を手にとった。

剣は柄も含めて一メートルほどで、細身の刀身。刃は両刃だ。

こちらも三種類用意されており、重さや柄の太さなどが異なるとのことなので、手の馴染《なじ》み具合を比較してみる。

それにしても、この剣、リアルすぎないか？

剣の刃は鋭利だ。指を当てて横へ滑らせたらきっと切れる。剣道の竹刀《しない》やフェンシングの剣などを想像していた俺としては、本当に切れる剣を使うとは想定外だった。

「……これ、当たったらケガするよな」

「あたりまえだろう」

呆《あき》れた返事が返ってきた。

「ルールは制限時間十分。どちらか一方が倒れるか、降参するか。制限時間内で勝負が決まらなかったら、審判の判定で優勢だったほうが勝ちとなる」

ちょっとやめておきたいかも。でもいまさらやめると言いだしたら格好悪いよな。リキャルドにすら男と認めてもらえないかも。

不安を覚えながらも言いだせずにいると、リキャルドがいきなりシャツを脱ぎだした。

「な、なんだよ」

目の前に男の引き締まった上半身が現れ、ぎょっとして剣を抱きしめそうになる。

「試合をするからにはこっちも着替えないといかんだろ」

ああ、そうか。

リキャルドは慣れた様子ですばやく着替え終えたが、服の下に隠れていた肉体は俺の目にしっかりと映った。

腕も胸板も厚く、腹も引き締まっていた。顔だけじゃなくて、スタイルも憎らしいほど完璧な男だ。

天は二物も三物もこの男に与えている。神様は不公平だ。

男の肉体美に目を奪われて、試合の不安をつかのま忘れていたところに侍従がやってきた。

「ご準備は整いましたでしょうか」

「ああ」

そんなわけでなにも言いだせず、試合場所へ移動となった。

監禁されていた部屋を出て階下へおり、すこし廊下を進むと中庭があった。青い芝生が敷かれ、色とりどりの花や樹木が植えられている欧風の庭だ。即席の試合会場はそこだという。

芝生の上に石灰で線が引かれており、その線の枠内で戦うとのことだった。

うーん、反則技や基本的な型すら教わっていないのに無謀すぎたかもしれない。リキャルドに確認したいと思ったのだが、彼はさっさと俺から離れ、自分の立ち位置へむかってしまった。

俺も指示された場所へ立つ。

俺と彼との距離は約五メートル。相対すると、静かに直立しているだけの彼から闘志と気迫を感じた。

風になびく長い金髪。まっすぐに見つめてくる青い瞳。怖え。威圧感がすげえよ。

まさか、本気じゃないよな。

どのくらい強いんだろうか。手加減してくれるよな。いやそれより基本的なことをもうちょっと教えてほしかったんだけど。

雑多な思念が脳裏を渦巻く。やっぱりタイムと声をかけ、リキャルドのもとへ確認に走るのは、もう遅い。すでにギャラリーや審判員らしき人たちが集っていて、とてもそんなことを訊ける雰囲気じゃなかった。

リキャルドが剣を鞘《さや》から抜く。

なんだろうな、この手慣れてる感。おなじ男から見てもさまになってるよな。

俺もおなじように動いてみる。俺も顔だけは強面だから、それなりに見えるだろうか。

刺される可能性はじゅうぶんにある。俺がケガをすれば、ケガの治療を理由に抱き合わなくてすむのだ。

やられるかもしれない。でも逆を言えば、俺がリキャルドにケガを負わせれば、抱き合わずにすむ——……いや待て、リキャルドがケガをしたら、ほかの相手を指名されるだけかも。その相手が王の命令に従順だったりしたらやっかいじゃないか。

ああ違う。リキャルドをケガさせられるほど俺が強ければ男と認められて抱かれずにすむんだった。

極度の緊張でわけがわからなくなっていると、審判が旗を揚げた。

「はじめ！」

試合開始の号令がかかる。リキャルドが剣をかまえ、間合いを計るようにゆっくりと一歩を踏みだす。ああそうだ。俺たちはおなじ目的を持つ同士なんだ。だいじょうぶ。きっとリキャルドはうまくやってくれる。俺も男らしさをアピールできるようにうまく立ちまわらないと。

俺がうまく立ちまわれなかったとしても、リキャルドがなんとかフォローしてくれるよな、と期待しつつ剣を振りあげた　次の瞬間、滑るような動きで彼が近距離にきて、長いアーチで剣を繰りだしてきた。

反射的に退くと、届くとは思えない距離だったのに彼の剣の切っ先が俺のシャツの袖をかすめ、切り裂いた。

ひえっ！

反応していなかったら確実に切られていた。

マジかよリキャルド、俺を殺す気か⁉

ぐずぐずしていたらやられる。青ざめて息を呑《の》んだとき、彼の剣が一閃《いっせん》し、気がついたときには目の前に剣先が突きつけられていた。

「勝負あり。そこまで！」

審判のかけ声でリキャルドが引き、剣を収める。

え、これで終わり？

おい。俺の見せ場がいっこもないうちに勝負がついちまったぞ。

ギャラリーのほうから「当然だな」「女性には無理だよ、一歩も動けなかったじゃないか」などと聞こえてくる。

審判をした男が言う。

「聖なる乙女は真に乙女だと証明された。おふたかた、部屋へお戻りください」

ええっ⁉　真に乙女⁉

いや、違うって！　こんなはずじゃなかったのに！

俺はリキャルドに食ってかかった。

「おい、リキャルド！　あんた、なんだよあれは！」

「なんだとはなんだ」

「これじゃあ、なんのために試合をしたかわからないじゃないか！　俺の見せ場がまったく作れてない！」

「おまえがのろますぎるのが悪い」

リキャルドも俺とおなじくらい不機嫌そうな顔をして腕を組む。

「そうだけど！　だけどな、すこしは手加減してくれてもいいだろ！」

「あれでも手加減したんだっ。あれ以上手加減したら、私が手加減しているのが一目瞭然だろうが。私の実力は皆に知れ渡っているんだ、ばか」

「な……、ばかだとっ」

「否定はしないぞ。こっちだって文句を言いたい。試合をすると言うからそれなりにできるのかと思っていたら、なんだあのざまは。いかにも剣豪らしい顔つきで、ひとりやふたり殺《あや》めていそうな目つきをしているくせに。その強面は飾りか」

おい、顔のことは言うな。

「体力には自信があったんだよ！　だいたい選択肢がないんだから——」

互いに顔をつきあわせ、ぎゃあぎゃあとケンカしているところを兵士に担ぎあげられ、俺たちはふたたび監禁部屋へ連れ戻されてしまった。

三

どうして異世界なんかに、と嘆いている暇は俺には与えられていなかった。

再度監禁されてまもなく、俺は小便をもよおした。

そこで切実かつ重大な問題に気づいた。

この世界の連中は、食べたものはすべて吸収すると言っていたな。ということは、小便もしないのか？

もしかして、トイレはないのか？

「なあ。小便したいんだけど」

窓辺に立っていた俺は、出入り口側の壁により掛かるように立っていたリキャルドをふり返った。

彼は長い髪を揺らして首をかしげる。

「なにをしたいだって？」

やっぱり通じない。くそ。

「小便もしないのかよ」

「なにを言っているんだ」

「だから、排泄したいんだよ」

恥ずかしいことをなんども言わせるな、説明させるな。

いくら相手がこいつとはいえ、まじめに排尿についての説明なんてなあ。言いにくいが、仕方がないので排尿について詳しく説明してやると、案の定気味悪がられた。

「性器から排泄物？　性器なのに性器でない働きまでするだと？　なんと気持ちが悪い」

「うるさいな。感想はいいから、どこかできる場所はないか」

「できる場所と訊かれても、どんな場所ならできるのか、まったく想像がつかないから、教えられんな」

このやろ。ここでしてやろうか。

「外から覗《のぞ》かれない個室があるといいんだ」

「ここは外から覗かれないぞ」

「あんたがいるだろ。見られているとできない」

「私に見られると不都合でもあるのか」

ふしぎそうな顔をされた。

人に見られているとできない、という意味が本気でわからないらしい。綺麗《きれい》な顔でそんなふうにきょとんとされると、こっちが変なことを言ったみたいじゃないか。

ああくそ、この羞恥心《しゅうちしん》も理解されないのかよ。

「見られてると出るもんも出ないんだよっ」

「だったらださなければいいだろう」

「そういうわけには——ああもう」

会話がかみ合わず、髪をかきむしりたくなる。

もういい、と言ってしまいたくなるが、尿意は切迫しているのでそういうわけにもいかず、苛立ちを抑えて言葉を探す。

「あんたら、男性器はあるんだろ。んで、出るもの出るんだろ。それをいまここで、俺の前でだして見ろと言われたら、嫌じゃないのか」

「なるほど、そういう感覚か」

リキャルドが素直に頷いた。

ちょっと違う気もしたが、排泄にまつわる羞恥をなんとなくわかってもらえたようでホッとする。

しかしこの切迫感までは伝わらないらしい。そして現状は変わらず。尿意をごまかすように部屋を歩いてみる。

「ひとりになれる部屋で、なにか容器を……いや、いっそ川にでも連れていってもらったほうがいいのか」

「部屋と川ではだいぶ違うぞ。言っていることが矛盾してるじゃないか」

「心理面の問題だけじゃなく、汚物処理の問題があるんだよ。あ、風呂の排水はどうなってるんだ。調理場の汚水なんかも、川に流してるのか」

トイレがないのならば下水処理も未発達だろうと思っていたが、そのほかにも人が生活する上で汚水は出るのだ。

ああでも、そんなよけいなことを気にしている場合じゃない。そろそろちびりそうだ。

「なんだ？　汚物処理？　おまえがだそうとしているものは、特殊な処理が必要なのか？　環境問題に関わってくるような、とんでもない汚物なのか？　それはどれほど危険なものなんだ」

「べつに危険なものじゃないけど……」

最悪の予感に焦る俺の気も知らず、リキャルドがゆっくり答える。

「ならばいいが。王宮の排水はきちんと浄化槽を通し、浄水して川に放流している。一般の民家はまだまだ整備が整っていないので川に直接流しているな。我が国の課題のひとつだ。おまえの国ではどんな処理をしているんだ」

俺の凶悪フェイスも、迫りくる尿意のせいできっとすごみを増していることだろう。だがリキャルドは俺のそんな顔を見ても涼しい顔だ。

「なあ、そんな議論より、どこか場所を」

「おまえがふってきた話だろう」

「そうだけどさ、それより早くどうにかしてくれないか」

尿意に急《せ》かされるように、俺はリキャルドのほうへ歩み寄った。だがすぐそばまで来たところで、まずい、と察し、とっさに足をとめて股間を押さえ……。

「う」

「どうした」

「…………」

股間に生温かい湿り気。ああ……。

子供の頃、寝小便をしたり漏らしたりしたことがなかったことが俺のささやかな誇りだったのに……まさかこの歳《とし》になってノーお漏らしの記録を塗り替えることになるとは……。

すこし漏らしたら、解放感に流されて、あとはもういいやという思いですべてを垂れ流した。ふふ、いいさ、どうせ俺は敗者さ、負け犬さ。笑えばいいさ……。

排尿の爽快感が終わると、生温かく濡《ぬ》れたズボンが冷えはじめ、敗北感と惨めさだけが残った。頭《こうべ》を垂れ、卑屈な気分でシモを見おろしている俺の肩に、リキャルドの手がそっと置かれた。控えめに声をかけられる。

「だいじょうぶか」

お漏らしの惨めさを知らないはずだが、ひどく落ち込んでいる俺を気の毒に思ってくれたのだろう。

「着替えは女物のドレスしかないが、どうする」

とほほ。お漏らししてドレスに着替えるなんて、踏んだり蹴ったりじゃないか。

「ドレスは嫌だ……」

「浴室があるが、服はそこで洗うか」

「風呂場があるのかよ」

「たしかその扉のむこうがそうだったはずだ」

リキャルドが部屋の奥にある扉のほうへむかった。扉を開けると猫足のバスタブが置かれたちいさな部屋があった。その部屋のさらに奥に扉がある。

「あれは」

尋ねると、リキャルドがたったいま思いだしたような顔をした。

「ああ、あれは、女性がいた頃に使っていた小部屋だな。女性にはツキノモノというものがあるのだろう。その処理をする部屋だ」

そこには水洗式のビデがあった。

なんだよ……。そんなものがあったなら漏らすことなかったのに。早く言ってくれよ……。

俺は浴室で濡れたズボンと下着を洗い、ついでに身体も洗うと、用意してあったバスタオルを腰に巻いて部屋へ戻った。

先に部屋へ戻っていたリキャルドは後ろをむいていたのだが、俺が戻るとこちらをふり返った。その視線は俺の頭のてっぺんからつま先へと移動し、それから上へ戻って平らな胸の辺りでとどまった。

「男だな」

だからそう言っているだろ。

試合の前に着替えたときにも俺の身体をしっかり見たくせに、いまさら言うセリフじゃないだろ。

こいつには俺が男だと伝わっているはずなのに、どうしていつまでも囚《とら》われたままなのか。無力感に襲われるぞ。

「そうだよ。それより腹が減ってきたんだけど、食事はもらえるのか」

「父上が息子を飢え死にさせるつもりがなければ、そのうち届くだろう」

なんだかいい加減というかのんきというか。もっと協力してほしいよ。剣では失敗したけど、まだ諦めたわけじゃない。このままこいつといっしょだと、さっきみたいに話がかみ合わなくてお漏らしするはめになるとか、なんかまた失態を演じそうだ。あんな恥ずかしい姿をさらすなんてもうごめんだし、だから次の手段を、ああ、お漏らし……も～、思いだすの

も嫌だ……っ！

リキャルドはよくわかってないようだけど、俺は一刻も早くいまの失敗を忘れたいし、こんなところから出たいんだ！

「なあ。侍従が出入りしたときに強行突破したらどうだ」

頭から離れないお漏らし事件を無理やり引き剝《は》がすように、威勢よく脱出計画を持ちかけてみた。

「簡単に言うが、どうするつもりだ」

「扉の陰で待っていて、扉が開いた瞬間に襲いかかるとか」

「愚行だな」

バカにしたようにふんと鼻を鳴らされ、俺の提案は一蹴された。

「そんな手に引っかかるような間抜けは使っていない。むこうも用心しているぞ。うまくいったとしても、どうせすぐに連れ戻される。解決にはならない」

「そうかもしれないけど、しつこく続けたら、むこうも考えを変えてくれるかも」

「無駄な労力だな。きっと明日には首尾を訊かれるさ。ちゃんと抱きあったか、とな。そのときにどうしても無理だと主張すればいい」

「ええ～、消極的だなあ」

ぼやいてみたものの、いろいろあって疲れたせいか、それ以上食いさがる気力が湧かない。

部屋に椅子はないのでベッドに腰掛けると、リキャルドの不快そうな顔を視界の端にとらえたが、無視だ無視。そのとき、扉がノックされた。

返事を待たずに扉が静かに開く。

「失礼いたします。お食事をお持ちしました」

侍従が固形物ののった盆を運んできた。

リキャルドがそれを受けとると、侍従はすぐに退室した。バスタオル一枚である俺のほうは見ようとしなかった。興味がないのではなく、見たら失礼だから絶対に視線をむけてはいけない、というような意思を感じたのはたぶん気のせいじゃない。

ちなみに俺たちの世話係となった侍従は複数いるようで、いま来たのは着替えを持ってきたのとはべつの者だ。

「ほら。お待ちかねの食事だぞ」

おお、そうだ、侍従の態度なんかどうでもいい。食事だ。早く自由の身になりたいが、食事をとって英気を養い、明日に備えるのも悪くない。一日ぐらいは我慢するか。

リキャルドがベッドの反対側に腰掛け、固形物をひとつ俺に投げた。

とっさに受けとったそれは、カロリーメイトのような見た目のものだった。

「食事……って、これ？」

中世ヨーロッパを思わせる国だから、食事も洋風なものをイメージしていた。それがこんな非常食のようなものが出てくるとは予想外だった。

リキャルドはそれを両手で二本に割り、片方を口に入れた。とくに表情も変えず、黙々と咀嚼《そしゃく》している。

なんの疑問もなく食べているようだが、これ、うまいのか……？　非常食にしか見えないんだが……。

「監禁食……なんてことはないよな。あんたらの食事って、普段もこんななのか？」

「そうだが、なにが言いたい」

得体の知れないものを、俺はまじまじと眺めそれから恐る恐る匂いをかいでみる。

「これ、原料はなんなんだ」

「小麦や野菜。必要な栄養素をバランスよく混ぜ合わせて焼いたもので、食事と言ったらこれだ」

「これだけ？」

「これだけあればじゅうぶんだろう？」

マジかよ。すごくすくないけど、食べたら胃の中で膨らんで満腹感を得られるとか？　って、ダイエット食の広告みたいだな。

俺は言いたいことを呑み込んで、それを口に入れてみた。

味や食感はクッキーみたいだ。まずくはないし、意外といける。

だが、やっぱり量がすくなすぎる。腹はまったく膨らまないし、これだけじゃ満足できない。夕食がこれだけだなんて、朝までもたないぞ。

「なあ。あんたは本当にこれだけで満腹になるのか」

「ああ」

「これだけじゃ、俺、足りないんだけど」

渡されたひとつを食べ終えた俺は盆へ目を向けたが、そこには空の皿が置かれているだけだ。おかわりはないのか。

「まだ食べたいのか」

リキャルドに心底驚いた顔をされた。素直に頷くと、見下したような目つきをされ、ひと言。

「下品な人種だな」

このやろ。

「その下品な人種を呼び寄せたのは自分たちだろ。責任とって面倒見ろよ」

ついつい口が悪くなる。でも仕方がないだろ。トイレはないとか言われて漏らすはめになるし、服もまともなものが貰《もら》えなくてバスタオル一枚のままだし、食事までこれじゃあなあ。暴れださないだけ俺は優しいと思うぞ。

リキャルドが舌打ちをして立ちあがり、扉のほうへむかった。そして廊下にむけて大声を張りあげる。

「おい。そこに誰かいるんだろう。聞こえているか」

そういえば、この部屋と廊下のあいだには待合みたいな小部屋があったのだ。兵士か侍従が待機しているのかも。

扉のむこうから反応はなかったが、リキャルドはかまわず続ける。

「聖なる乙女に、食事のおかわりを持ってきてくれ」

俺も続けて叫んだ。

「十本ぐらいはほしい！」

リキャルドがぎょっとした顔でふり返った。

「そんなに食う気か」

信じられん、と言いたげに首をふる。

「なんだよ、俺は特別大食らいなわけじゃないぞ。むしろ小食なほうだ」

これでも遠慮して十本と言ったんだぞ。

「燃費の悪い身体だな」

「あんたらが異常によすぎるんだ」

まったくどういう身体をしているんだ。

小部屋にはやはり侍従が待機しており、まもなく十本の食料が届いた。

リキャルドが見守る前でもりもりと食べはじめ、五本目を食べ終えた頃だろうか、突然彼が苦悶《くもん》の表情で口元を押さえ、前屈《まえかが》みになった。

「おい、どうしたんだ」

「身体が……変だ」

彼のひたいからは見る間に汗が浮き出てきて、あきらかにおかしい。

「具合が悪いのか？　どこが……うわっ」

リキャルドが膝を床につく。

「お、おい。しっかりしろ」

俺は急いで彼のそばへ駆け寄り、膝をつくと、肩へ手をかけた。

「平気だ」

「いや、平気じゃないだろ。ベッドに横になるか？　人を呼んだほうがいいか？」

返事を待たずに俺は彼の脇《わき》へ腕を差し込み、同時に扉へむけて、その先にいるであろう相手へむかって声を張りあげた。

「誰か！　王子の様子が変だぞ！」

すぐに返事はなかった。

聞こえなかっただろうか。いやそんなはずはない。返事を待っていると、己の身体に異変を覚えた。

なんだか身体が熱い気がする。

なんだろう。落ち着かない気分でいると、ようやく扉のむこうから返事があった。

「リキャルド様のご容態は、どのようなものでしょうか」

「身体が変だと言ってる」

「頭がぼうっとする、もしくは身体が火照《ほて》るというのでしたら、問題ありません」

問題ないってどうしてわかるんだ。病気かもしれないのに。

怪訝に思うが、話しているあいだにもどんどん身体が火照ってきて落ち着かない。

まもなく妙な感覚を覚えはじめた。

ムラムラするっていうか……。下腹部に、溜《た》まってきている感じだ。なんでだ。

「なんか……俺も、変なんだけど……」

戸惑いをリキャルドに告げると、彼の眉がしかめられた。

「おまえもか」

「もしかして、あの食事に強い酒が入ってたのか」

酒に酔ったときとはちょっと違う気はしたが、ほかに思いつかなくてそう言ってみたら、
リキャルドが深刻な顔をして首をふった。

「いや。酒じゃない。これは……一服盛られたな」

「一服って……なにを」

「催淫剤《さいいんざい》」

断定したセリフに、俺はあんぐりと口を開けた。

「いまの侍従の返答がすべてを物語っている」

「な……っ」

俺、六本も食っちまったぞ！

「うそだろ⁉　なんで、そんなものを盛るんだっ⁉」

「なにがなんでも我々に行為をしろということらしい」

リキャルドは俺から目をそらし、自力で立ちあがった。

「動けるのか」

「毒ならば動かないほうがいいと思ったのだが、その心配はなくなったからな」

そう言って落ち着かなそうに部屋を歩きだす。

俺も立ちあがった。

「えっと……王様が指示してるのか？」

「そうだろうな。私相手に、臣下のものが勝手をすることはない。父の許可を得ているはずだ」

「そう……しかし、そこまでするか……」

「人類滅亡の危機が迫っているとなれば、なんでもするさ。他国の乙女を召喚したことに比べたら、催淫剤を食事に混ぜることなどかわいいものだろう」

「そうかもしれないけど、指示してるのは王様だろ？　自分の息子にクスリを盛るのか」

「あの人なら、やる」

リキャルドが忌々しそうに舌打ちする。

「こんな卑劣な手に乗ってたまるか。私は意地でもしないぞ」

「同感」

こうなったら意地でもしたくない。

こうなったらもなにも、はじめからお断りだったけど、当人の意思も無視で強要しようとする姿勢が許せん。たとえ相手が美女だったとしても、他人に指図されてセックスするなんて冗談じゃない。

冗談じゃない、と思う……のだけど、身体の熱はますます燃えあがり、欲望が膨れあがっている。

「くそ……」

俺は熱い吐息を漏らしてベッドへ戻ると、そこへ突っ伏した。

辛《つら》い。

正直、したくてたまらない。燻る熱を吐きだしたくてたまらない。

自慰をすれば収まるだろうか。だけどリキャルドがいる前で自慰なんてできないし……我慢するしかないか？

我慢できるのか俺？

いや、我慢なんて無理だ。でもどうしよう——あ、そうだ！　浴室！　見られていなくても、隣室にリキャルドがいるのに自慰なんてできるか、と思う。「いまあいつ自慰してる」と思われるのだって嫌だ。でももう無理だ、浴室で妥協しよう！

「畜生！　浴室、使うぞ」

俺は勢いをつけてベッドからおり、浴室へ駆け込んだ。そして扉を閉めるやいなや立ったまま自己処理をした。

ああ、どうにかまにあった、すっきりした——と思えたのはほんの数秒。うん？　だしたのに、収まらないんですけど。

そんな、うそだろ？

クスリの力は持続したまま。むしろ、身の奥で燻る熱はひどくなる一方だ。

俺も男だから溜まることもある。しかしこんなふうに強烈な欲望を覚えたのははじめてだった。放っておいたら気がおかしくなりそうで、誰か助けてくれと叫びたいほどだ。かといってリキャルドに助けを求めるつもりなど微塵《みじん》もなく、ふたたび自己処理をする。疲れたので床に座り込み、壁にもたれて手を動かしたとき、

「おい、だいじょうぶか」

と、真正面にある扉のむこうからリキャルドの声が届いた。

「だいじょうぶじゃねえよ」

返事をしたら、唐突に扉が開き、リキャルドが浴室へ入ってきた。

両脚を開いて中心を握りしめていた俺はぎょっとした。

うわわ、こんな姿を見られるだなんて！

慌てて前を隠した。

「な、な、なんだよっ」

なんで入ってくるんだよ！

俺がここで自慰していることはわかっているはずなのに、どういう目的で覗きに来たんだこのヤロウ。

「なにしに……もしかして」

欲望が勝って俺を誘いに来たわけじゃないよな？　まさかと思いつつも身構えると、リキャルドが首をふった。

「心配するな。いちおうおまえは賓客だから、様子を見に来ただけだ。尋常でない量を食べていたし、人種が違うから、クスリの作用の仕方も異なるかもしれない。万が一心臓発作でも起こして死なれたら寝覚めが悪いから、見える場所にいてくれ」

見える場所って、見られながらできるか！　しかも心臓発作だって⁉

「心臓発作って、そんな危険なクスリなのかよ⁉」

「わからん。安全だという保証はない」

「見える場所って言われても、見られながらできるわけないだろ」

「できないのか」

「あたりまえだろ。まだ収まってないから、出ていってくれよ」

頼むと、リキャルドは小首をかしげ、すこしだけ考えるような間を置いた。

「部屋で処理してくれてかまわん。目の前で男が処理している姿を見たところで、私はなんとも思わない」

できないって言ってるのに、ああもう、俺の頼みは無視か。

「あんたはかまわなくても、俺が嫌なんだよ！」

「おまえに手をだそうなんて思わん。死んでも思わん」

「俺だって、あんたとどうこうなるつもりはない！」

話しているあいだにも欲望が高まり、だしたくてたまらない。

うう、だしたい！

どうする。もう口論も面倒だ、こいつの前でやっちゃうか？　でもそんなのプライドが許さないぞ。でもでも——。

ぐるぐる考えているうちに目の前の視界がぼやけ、意識が遠のいていった。

それから目を開くと、俺はベッドの上に横たわっていた。

視界の端に、俺に背をむけるリキャルドの姿がある。

「……え。なんで」

記憶が繋《つな》がらず、戸惑って起きあがると、リキャルドが俺に背をむけたまま口を開いた。

「意識を失ったんだ。私はなにもしていないぞ。冷たいタイルの上に倒れたままにしておくわけにはいかないから、こちらに移動した」

俺はあれから意識を失っていたらしい。

そしてよくよく見ると、リキャルドは自己処理している最中のようだ。

わあ、こいつ本当に人前でやっちゃえるんだ……。

あまり見るのは失礼だと思いつつ、気になって視線がその辺りにむかってしまう。もちろん彼の背があるのでよく見えないし、覗き込んでまで見ようともしてないけど。

そうかー、俺がいても気にしないんだなー、と感心しつつ様子を窺《うかが》っていると、リキャルドが手をとめずに話しかけてきた。

「気分はどうだ」

「ん……変わらないな」

欲望はあいかわらずだった。

やがてリキャルドは処理をすませると、浴室へ手を洗いに行き、涼しい顔をしてベッドへ戻ってきた。

本当に、何事もなかったかのような態度だ。たぶん心中も、俺に自慰を見られたことなどたいしたことだと思っていないのだろう。

そんな彼の態度を見ていると、まあそうだよな、恥じらっても仕方ないか、という気分になった。自然発生した欲望じゃなくクスリのせいだしな。恥じらったりするほうが、逆に相手を意識しているようで恥ずかしいかも。

そこから俺も、思いきって部屋で処理することにした。

リキャルドに背をむけ、こそこそとバスタオルの隙間から握る。緊張とためらいはあったけれども、いちど自慰をはじめたら、もう他人の存在など気にならなくなった。

そうなると欲望の処理に没頭でき、最初よりも速やかに解放できた。

だが、またすぐにしたくなってしまった。こすりすぎて皮膚が痛いほどになっても欲求は収まらない。リキャルドも俺ほど頻繁ではないけど処理していた。それぞれベッドの両端にすわり、眠ることもできずに一晩中欲求をもてあまし、夜が明ける頃にようやく落ち着いてきた。

「はあ……どうにか乗りきった……かな」

「そのようだな」

謎の連帯感を感じているのは俺だけだろうか。

自慰姿を見せあうなどという異常なひと晩を過ごしたせいで、判断力もすこしおかしくなっているかもしれない。

こんな異常事態、それも実の父親の仕業だというのにリキャルドは落ち着いて対処しているように見える。けっこう骨のあるやつかも、なんてことまで思ってしまう。

よく知らないけど、王子なんて立場だと、政治的陰謀に巻き込まれたり、いろいろありそうだしなあ。

寝不足でうつろな目をしてリキャルドを見ると、彼も疲れた顔で俺を見た。そしてまるで示しあわせたように、いっしょに大きなため息をついた。

「さて。ズボン、乾いたかな」

身体の熱が落ち着いたことと、朝になったら冷えてきたこともあり、バスタオル一枚では肌寒く感じてきたので、俺は浴室へむかった。昨日洗ったズボンを浴室に干しているのだ。乾き具合を確認してみると、残念ながらまだ乾いていなかった。昨日着ていたシャツは浴室の隅に丸めておいてある。少々汗臭いがしかたがない。なにも着ないよりマシだと思い、それを着ることにした。

下はバスタオルのまま、足は素足という変な格好で部屋へ戻ったとき、侍従がワゴンを押しながらやってきた。

「首尾を伺うように言われたのですが」

昨日食事を運んできた男だ。大柄で、若い。リキャルドとおなじぐらいの年頃だろうか。俺より年上っぽいけど純朴そうな雰囲気がある。彼は室内へ入ると扉の前で直立不動の姿勢

をとった。出入り口に近いほうにすわっているリキャルドに視点をあわせ、頑《かたく》なに俺を見ようとしないのも昨日とおなじだ。

リキャルドはベッドにすわったまま腕を組み、侍従を見あげた。

「首尾については私が直接父に報告する」

すわったままでも、リキャルドの偉そうな態度は板についていて、けっこうな威圧感がある。侍従はちょっと怯《ひる》んだような表情をし、それを隠すように目を伏せた。

「申しわけございません。そのような申し出があった場合の返答もすでに預かっておりまして……」

侍従はいったん言葉を切り、おずおずと続けた。

「よい報告が聞けるまで、陛下はリキャルド様に直接お会いするつもりはないとのことです」

「あんの――」

リキャルドはなにか言いかけ、しかし奥歯をかみしめて言葉を呑み込んだ。王の悪態でも言いそうになったのかもしれない。

リキャルドが怒りを堪《こら》えるように立ちあがる。

「おまえは知っているか。昨夜の食事になにが入っていたか」

訊かれた侍従は黙っているが、目が泳いでいるところを見ると知っているようだ。

「あんな手段を使われて、言いなりになれると思うか。私が言いなりになる男と思うか。直接、苦情を言わせろ」

「それは……申しわけございません。リキャルド様が強硬手段をとるようならば、こちらも昨日同様に対応するようにと……」

大きな身体を縮めるようにしてそう言う侍従の背後、扉のむこうには、屈強な兵士が複数待機しているのが俺の立ち位置からも見えた。これは強行突破しようとしても無理だ。

リキャルドは黙って彼らを睨み、それから最後に侍従をひと睨みすると、大きくため息をついた。

「苦情も受けつけず武力行使とは、人道的じゃないな。我が父ながら……と、おまえに文句を言っても仕方ないが……」

「申しわけございません」

「父王に伝えろ。卑劣なまねには屈しないと」

「かしこまりました」

「もういい。行け」

「あの、つまり首尾については……」

「そんなもの、わかるだろう。屈しないと言っているんだ。それだけ伝えればじゅうぶんだ」

え、もうおしまい？

話を終えようとする気配に、俺は口を挟まずにいられなくなった。

「それだけ？　粘らないのか」

リキャルドが苦々しく唇をゆがめた。

「会わないという回答がすでに用意されているんだ。これは簡単にはいきそうにない。あの父相手にここでこれ以上粘ったところで、意味はない」

「そんな。じゃあ今日も監禁されたままなのかよ」

「さあな。こちらの意思を聞いて、父がどう出るか……根比べになるかもしれん」

そんなあ。今朝までの辛抱と思っていたのに。

がっくりと肩を落とす俺を見て、リキャルドが思いだしたように侍従へ告げる。

「ああ、それから、客人に着替えを持ってきてやってくれ」

「昨日のドレスはお気に召しませんでしたか」

その質問はどういう意味だ。侍従は素直に疑問を口にしている様子だが、まさか俺がほかのデザインのドレスがいいとえり好みしたとでも思ったのだろうか。冗談じゃない。

リキャルドが俺のほうをちらりと見てから、さりげない口調で言う。

「眠るのにドレスはないだろう。寝間着の用意をしてやってくれ。女性ものでなく、男性もののほうがいいそうだ」

おおリキャルド、気遣いありがとう。助かるぞ。

「かしこまりました」

侍従はリキャルドに一礼すると、早く逃げたいというように早口で続け、ワゴンを示す。

「こちら、朝食になります。それでは失礼いたしました」

ワゴンの上にはふたつの皿がのっていた。だがそのうちのひとつの皿を係はとりあげ、持ち帰っていった。

残ったのはふたりぶんの着替えとひとつの皿。皿の上にあるのは昨夜とおなじ固形物だ。俺のおかわりぶんも含めて、十一本。

侍従が去ったあと、俺たちはワゴンに近寄り、その皿へ目を落とした。

「これ、またクスリが入ってるんじゃないか」

食事ののった皿はふたつあったのに、一方を持ち帰ったということは、リキャルドの返答次第で渡す食事が違っていたのではなかろうか。

「また昨夜みたいなことになるのは俺はごめんだぞ」

「では食べずに空腹に耐えるか」

「それもなあ」

俺はひとつをつまみ、恐る恐る匂いをかいでみた。

リキャルドが片眉をあげて俺の様子を見つめる。

「匂いでわかるのか」

試しにかいでみたけど、まったくわからない。

「無理。やっぱ、食べてみないとわからないか……」

俺は力なく首をふって、手にした固形物を皿に戻した。それを今度はリキャルドがつまみあげ、俺の目線まで持ちあげる。

「どうする。これを食べて性欲を耐えるか、食べずに空腹を耐えるか。入っていない可能性だってある」

「入っていない可能性……あるか？」

「さあな。食べてみろ」

涼しい顔で言いやがる。

「あんたから先にどうぞ。ほら、王子様だし、こういうのって目上の人から」

「おまえ、なかなかいい性格してるな」

リキャルドが俺をひと睨みし、固形物を口に運んだ。嫌がるかと思ったのに意外だ。

「どうだよ」

「だいじょうぶそうだ」

リキャルドは考えるような顔をしながらそう言って飲み込んだ。

俺は用心のためすぐに手をださず、リキャルドの様子をしばらく観察してからおそるおそる食べてみた。

昨夜のように身体が熱くなることもなく、だいじょうぶそうだった。

安堵《あんど》して、残りにも手を伸ばす。

「あいかわらず恐ろしい食欲だな。おい、もっと綺麗に食べられんのか。屑《くず》が床に落ちて——こら、ベッドに持っていくな、シーツが汚れるだろう」

うるさいやつだな。落ち着いてすわって食べたいのに椅子がないからベッドにすわるしかないんじゃないか。文句があるなら椅子とテーブルを用意してくれ。

リキャルドの嫌味も小言も無視してすべて平らげると、眠くなってきた。

なにしろ昨夜は眠っていないのだ。

「寝るのか」

「ああ。眠い」

そのままベッドへ横になろうとしたら、おなじく徹夜だったリキャルドもベッドにあがってきた。

「私も眠い。寝るぞ」

「どうぞ」

キングサイズのベッドなのでふたりで寝ても問題ない広さがある。俺が窓側、彼が戸口側の半分を使えばいいと思っていた。

だがリキャルドは真ん中に陣取り、仰向《あおむ》けに横たわると両腕を左右真横に伸ばした。

「おい。これじゃ俺が寝れないんだけど。腕、どけてくれない？」

「私は幼少の頃からこのスタイルで寝てきた。これ以外では眠れない」

威張って言うことかよ。本当にこの男は……。

寝不足で余裕のない俺は、かまわず横になった。自然とやつの腕の上に頭を置く格好となる。つまり腕枕状態だ。

「重い」

リキャルドの不機嫌な声。

「これはもしや、仲むつまじくなった男女がする体勢ではないのか」

「そうかもな」

「気持ちの悪いまねはやめろ」

「嫌なら腕を引っ込めろよ」

「おまえが頭をおろせ。もっと下のほうで寝ればいいだろう」

「嫌だ」

俺はいったん身を起こすとシャツを脱ぎ、もとの体勢に戻った。後頭部をやつの腕の筋に強く押しつけてやる。するとごりっと音がし、リキャルドが息をとめて腕をどけた。すかさず俺はシャツを堤防のようにふたりの身体のあいだに置いた。

「なんのまねだ」

「こっちは俺の陣地な」

シャツのこちら側を俺はぽんぽんと叩く。

「衣食住のうちの衣も食も不満だらけなのに我慢してるんだ。せめてベッドの半分ぐらいは提供しろよ。きっちり半分ずつなんだ。文句言うなよ」

リキャルドは俺の上半身を見、それから目をそらすようにシャツへ視線を落とし、眉をしかめる。

「わかったからその臭いシャツはどけろ」

潔癖症っぽい男のようだから、この汗臭いシャツを使えばさわろうとしないだろうと思ってこの作戦に出たのだ。が、そうはっきり臭いと言われるとちょっと傷つくぞ。そんなに臭《にお》うかな。

「いいけど……、これ引っ込めても、占領するなよ」

シャツを引っ込めると、リキャルドが無言で起きあがり、出入り口のほうへむかった。そして扉のむこう側へむかって声を張りあげる。

「おい。書くものをくれ」

しばらくして扉が開き、侍従が紙とインクと羽根ペンをリキャルドへ渡した。

リキャルドは紙は受けとらず、インクと羽根ペンを受けとるとベッドへ戻ってきた。

なにをするつもりだろうと黙ってみていると、彼はシーツに線を書きはじめた。

ベッドの中央、頭から足もとへ向けて、一本の線。

「この線からそっちへ行かなければいいんだろう。だからシャツを着ろ」

シーツにインクで書いちゃって、洗濯が大変じゃないのかとか考えてしまうのは俺が庶民だからか。王子様はそんなこと考えないんだな。

俺が黙ってシャツを着はじめると、リキャルドが横になった。今度は大の字にならず、ベッドの半分に収まるように俺に背をむける格好で寝ている。

こいつって、なんだかんだ言っても、ちゃんとこちらの要望を聞いてくれるんだよな。よかったよかった。ほっとして俺も横になる。するとあっというまに睡魔に襲われ、深い眠りについた。

昼頃になって目覚めると、リキャルドはまだ眠っていた。

横になったときとは異なり、仰向けに眠っているが、線は越えていない。

無防備な寝顔は端整で、つい、しげしげと見つめてしまう。

本当にため息が出るほど整った顔だな。でもこうして見ると、じつは甘い顔立ちなんだな。起きているときは怒っていたり不機嫌そうな顔しか見たことがないから、眉も目もつり上がっている印象を受けていたが、思っていたほどきつくない。目尻なんてどちらかと言えば垂れ気味じゃないか。

人の寝顔を覗き込むのも失礼かなと思い、観察をやめようとしたとき、扉をノックする音がした。

侍従だろうか。

いつもリキャルドが対応していたのだが、ノックの音で目覚める気配はない。

どうしよう。てか、俺が出るしかないんだけど。

こんなとき、どんな声音でどんな言葉を言えばいいだろう。

リキャルドのまねはできないし。彼は王子だから横柄な態度が許されるのだろうけど、凶悪顔の俺があんな態度をとったら相手が怖がる。聖なる乙女と誤解されている男という立場の俺に似合う言葉と態度ってどんなだ。

「……はい」

短い時間でぐるぐる悩んだ末、緊張しながらもできるだけふつうの声をだしたが、扉のむこうには聞こえなかったのか、ふたたびノックの音がした。

俺はためらいながらベッドからおり、出入り口へむかった。

扉を開けると朝とおなじ侍従が立っていて、俺を見てぎょっとした顔をした。俺が出るとは思わなかったのだろう。

「あ……失礼いたします。お休みでしたでしょうか」

この問いかけにもどう返事をしようか迷ってしまう。結果、端から見たら黙って睨んでいるようになってしまう。そんなつもりはないのに。

「申しわけございません。寝間着をお持ちいたしましたが、こちらでよろしいでしょうか」

差しだされた衣類を俺が受けとるや否や、侍従はもういちど謝罪の言葉を口にして帰っていった。

扉が閉まってからベッドのほうをふり返ると、リキャルドが横たわったままこちらを見ていた。

「父からの伝言はなかったな」

「起きてたのか」

「いま目が覚めた。ところで、なぜ黙っていたんだ」

リキャルドがゆったりと身を起こす。

「なぜ侍従に口を利かなかったんだ。いつものおまえならば、なにかひと言あるだろう。不審な点でもあったか」

「そうじゃないけど……」

「らしくないな」

らしくないって、俺のなにを知っているって言うんだよ。

「本来の俺は奥ゆかしいんだよ」

反論しながらも、指摘されたことで、あれ、と気づいた。

たしかにそうだ。

さっき侍従が来たとき、俺は日本にいたときとおなじように対応を悩んでしまった。

ここへ召喚されたばかりのときはパニックで王や魔道師にも平気で会話できたが、一晩明けてパニックしていた心もすこし落ち着き、いつもの自分を取り戻したのだろうと思う。

でも俺、リキャルドにはあいかわらずなんの遠慮もなく喋っているなあ。

内向的で人と口を利くのにいちいちためらう男だったはずなのに、リキャルドが相手だと自然と口が動いている。

これはあれだ。パニック続きだったせいもあるけど、リキャルドが遠慮する必要のない嫌なやつだったからってことだろう。

初対面の相手と同室で過ごすなんて、気を遣うし疲れる。相手がいいやつだったらなおさら俺は遠慮して、言いたいことも言えなかっただろう。おなじベッドで寝るなんて論外だ。

ある意味、リキャルドが嫌なやつでよかったのかもしれない。

リキャルドは俺に反論するつもりはないようで、大きく伸びをして起きあがると、窓辺へ歩きながら髪を結んだ紐をほどき、手櫛《てぐし》で無造作に髪をかきあげた。

「着替えたらどうだ」

「ああ。ほらこれ、あんたのぶん」

「私はあとでいい」

「ふうん？」

「……外の空気を吸いたいんだ。それだけだ」

リキャルドはなぜか言いわけのように言って、俺に背をむけて窓辺に立った。

俺の着替えなど視界に入れたくないと言わんばかりの硬い態度で窓の外を眺めているので、俺はそのあいだにさっさと着替えることにした。

服はゆったりとした生成りのシャツに、そろいのズボン。注文どおり、男物の寝間着っぽい感じだ。試合用の衣装とは異なり、シャツもズボンも簡素な作りで、シャツは頭からすっぽりかぶるタイプだ。

下着を穿かないのは心許《こころもと》ないが、やっぱりズボンはバスタオルよりずっといい。

着替え終えてからリキャルドのほうへ目をむけると、彼は壁際の棚に置いてあったボトルからグラスに液体を注いでいた。グラスは古代のリュトンのように山羊《やぎ》の角の形をしている。

窓から注がれる陽光を横顔に浴びながらグラスを傾ける。顔を俯《うつむ》かせると長い髪がさらりと揺れ、前髪が顔に影を落とす。

引き締まった腰から伸びる長い脚には、ぴったりしたズボンがよく似合っている。立ち姿が美しい男だ。まるで映画のワンシーンでも見ているかのような風情である。

またもやしみじみ眺めてしまい、そんな自分に気づいて恥じるように「口を開くと残念なやつだけどな」と思ってみたりする。

ぼうっとリキャルドを見続けていたら、俺の視線に気づいた男がこちらをむいた。

「なんだ。これはただの水だが、飲むか」

俺がグラスの中身を気にしていると思ったらしい。違うけど、水は飲みたかったので頷いた。

リキャルドが俺のぶんの水をグラスに注いで渡してくれる。

俺がそれを飲んでいるあいだに彼も手早く着替えた。

それを横目で見て、ふと、さっき俺の着替えを見ないようにしていたのは、俺に気を遣ってくれたのかな、と思ったりもした。

ま、そんなことより腹が減ったな。

腹が鳴り、俺は腹をさすってベッドへ腰掛けた。

「昼食ってあるのか」

とたん、リキャルドが目をむいた。

「あれだけ食べておいて、また食べる気か」

そんなに驚くことかよ。大食らいになった気分だ。

「だってもう昼だろ」

「ふつうは昼に食事などしない。朝と晩に食べればじゅうぶんだ」

「へえ。俺は昼も食べないと、腹が減って動けないな。なにしろ燃費が悪くてな」

そういう人種なのだから気にすることはないと開き直り、リキャルドの反応は無視して自分で勝手に注文することにした。

扉のむこう側にむけて叫ぶ。

「すみませーん、食事がほしいんですが」

召喚された身なので、食事に関しては遠慮する気もない。

やがて運ばれてきたカロリーメイトもどきを頬張る俺を、リキャルドがあきれ顔で見る。なんだよ、と軽く睨んでやったが動じる気配はない。

強面の俺に睨まれても目をそらさないやつなんて、はじめてかもしれない。

ふつうに視線をむけただけでも怖がられて目をそらされてばかりだったのに。まっすぐに目を見てもらえたのって、久しぶりだ。

いつ以来だろう。たしか高校生の頃かな。相手は公園で飼われていた山羊だったか。つい、お互い孤独だなと話しかけた覚えがある……。

そんなことを考えていたら、意図せず見つめあう形になってしまったことに気づいた。こちらから目をそらすのも癪だし、かといってこのまま見つめあっているのも居心地が悪いので、どうしようかと思っていたらむこうから話しかけてきた。

「おまえは、汗はかくのか」

「そりゃ、暑けりゃかくけど。なんで」

「私たちは、発汗で体内の水分調整をしている。しかしおまえは性器から尿として排泄すると言っていただろう」

「汗も尿もだすぞ」

「そうか。いや、聞いたからどうという話でもないが、ふと疑問に思っただけだ」

肛門がないなんて変な人種だと思っているが、むこうもおなじように疑問に感じているようだ。

「ふうん。じゃあこっちも訊きたいんだけど、この世界じゃ、動物も肛門はないのか」

「聞いたことがないな。排泄物をだすなんて、原生動物ぐらいだ」

俺はゾウリムシ並みかよ。

なにか言い返してやろうと俺は口を開いたが、その直後に体内に熱を感じて口元を押さえた。

身に覚えのある灼熱《しゃくねつ》感。これは。

「どうした」

「……入ってる」

朝はだいじょうぶだったから油断していた。今度は盛られていた。

ああ、くそ！

俺は呻《うめ》きながらベッドに転がった。再びの悪夢である。

そうして苦しみに耐えているさなか、侍従が着替えを運んできた。三十代ぐらいで線の細い、今朝までとはべつの男だ。オールバックの髪型が、厳格な執事のような雰囲気をだしている。服装は前の者とおなじ水色の上着を着ており、どうやらそれが侍従の制服らしい。

着替えと聞いて、リキャルドが首をかしげる。

「着替えなら貰ったが」

「それは寝間着でございましょう。いまは昼間。昼にふさわしい衣服をお召しくださいませ。リキャルド様はこちら。乙女の着替えはこちらでございます」

ワゴンの上に畳まれた状態でのっている衣類はきらきらしていて、広げてみなくてもわかる。またもや女性もののドレスだ。

「そういうのはちょっと……。寝間着でいいです」

ベッドから身を起こし、げんなりとして言ってみるが、侍従は毅然《きぜん》とした態度で首をふる。

「女性はドレスです。我が国では建国前よりそのような文化が定着しております。故郷ではどのような服をお召しになっていたのか存じませんが、王子の婚約者となるお方が昼間から寝間着は容認できかねます。どうか我が国のしきたりに従ってくださいませ」

もうどこからつっこめばいいのかわからない。俺は男だとか婚約なんてしないとか言ってみても聞く耳持たれそうにない感じで、主張する気も失《う》せる。でもとにかくドレスだけは回避したい。

「寝間着がダメなら、昨日借りた服があるから、あれが乾いたら着ます」

「昨日の……それはドレスではなく、試合の衣装のことですか」

うっかり素直に頷いたら、侍従が目をつり上げた。

「それはいけません。ぜひこちらをお召しください。男性の服装などをしているからリキャルド様がその気になれないのではないかと皆様おっしゃっております」

だからさ。勘弁してくれ。

「いや……。なにを着ようと俺は男だし、むしろこんなのを着たら、気持ち悪いだけだから……」

「そうおっしゃらず。私の本日の任務はこれをあなた様に着せること。あなた様が拒否するということは、私の仕事を邪魔することになります。私は自分の任務を全《まっと》うしないとお給金をいただけません。絶対に着ていただきます」

侍従は、似合う似合わないの問題ではないのだと主張してベッド横まで来ると、俺を引き寄せ、服を脱がしにかかった。予想外に力強い。

「なにを」

「着替えのお手伝いをいたします。許可は得ております」

誰の許可だよ。俺は許可した覚えはない！

嫌だと思うが、欲望をこらえているためか、身体に力が入らない。給金を貰えないなんて聞かされたら我慢してやったほうがいいのか、と迷う気持ちもあり、躊躇《ちゅうちょ》して強く拒否できないうちに寝間着のシャツを脱がされてしまった。

「やめろって……」

欲望を我慢しながら、息を乱して拒否を口にしたら、なぜか侍従は息を呑んで俺を見て、わずかに手をとめた。

「し……失礼いたしますっ」

しかしすぐに動きだし、ズボンに手を伸ばしてくる。

わあ、やめてくれ！　シモはいま、大変な状況になっているんだ。こんなの見せられるか！

ズボンの上から前を隠しつつ阻止しようとしたが、強引にズボンを引き下げられ、尻が出た。

「ほんとに、やだ……っ」

涙目になって睨みあげると、侍従は怯んだ。だが、俺の凶悪な目つきに怯えたという感じではない。なぜか生唾《なまつば》を呑み込んでいる。こころなしか、顔も赤くなっているような……？

なんで？

「ご、ご容赦ください……こ、これも私の勤めでして……っ」

侍従は声を裏返して叫ぶように言うと、目をつむってズボンを引き下げた。

うわっ！

全裸にされてしまったが、俺は必死に股間を手で隠し、死守した。

すぐにパンツを渡され、それは自分で穿いた。パンツは女性ものだという話だったけど、トランクスみたいだから抵抗がない。

「女性にこんな手荒なまね……私もしたくはないのですが……っ」

抵抗できない俺の頭にドレスがかぶせられる。袖はなく、ビスチェとスカートがくっついたようなデザインで、ピンク色のふりふりレースだらけのドレスだ。

「さ、腕をあげてください」

「あ、や……っ」

両腕を引きあげられ、ビスチェ部分が胸にフィットした。もうここまできたら諦めて着てしまうしかない。いまだけ我慢して、侍従が退室してから脱いだほうが早いだろう。俺は力を抜いてベッドに横たわり、侍従へ背中をむけた。ドレスの背中部分にたくさんのボタンがあるためだ。

侍従の手がドレス越しに俺の背中にふれた。その感触が欲望を刺激して、妙な声が出そうになり、慌てて奥歯をかみしめる。

「う……っ、ぁ……」

「い、いかがなさいましたか」

「まだ、か……」

「そのような声……、あ、いえ、まもなく終わりますが……」

男のうめき声など聞いても気色悪いだけだろうに、なぜか侍従の鼻息は荒くなり、その指先は震えている。

そういえばリキャルドはどうしているんだ、と顔をあげると、彼はベッドのむこう側から俺を見ていた。こちらもやけに熱心な目つきに見えるけど、気のせいだろうか。

目があうと、気まずそうにそらされた。それがどういう意味か考える余裕はいまの俺にはなかった。

ボタンがすべて留められると、促され、よろよろと立ちあがった。

「これは王妃様の遺品なのですが、サイズはちょうどよさそうですね」

スリムな日本人である俺に、そのドレスは丈も幅もぴったりだった。胸の部分は余るかと思いきや、綿が詰められている。

パンプスまで用意されていたがこれはサイズが合わなかったのでまぬがれ、男女共用っぽいサンダルを履かせてもらえた。

部屋に鏡はないので、幸いにも自分の目で確認することはできない。

「よくお似合いでございます」

侍従がくそまじめな顔をして言う。うそをつくなよ。

中性的な容姿だったらまだしも、強面の俺だぞ。

この強面のせいで、俺は警官に職質されたことだってあるんだ。コンビニの前で立ち止まり、肉まんとピザまんのどちらを買うか迷っていたときだ。ただそれだけなのに、警官の目には強盗しそうな怪しい男と映ったらしい。うう。

健全な大学生らしい格好をしていてもそうなのだから、いまの格好だったら職質どころか、迷惑防止条例とかで問答無用で連行されそうだ。

反対側にいるリキャルドへ目をむけると、やっぱり彼は俺をじっと見ていたけれど、はっとしたように目をそらしながら、ぼそりとひと言。

「……気色悪い」

だよな、うん。

侍従がリキャルドをふり返る。

「よくお似合いでございましょう」

「いいやまったく」

「おかしいですね。よくお似合いですのに。照れていらっしゃるのですか」

侍従は仕事上のお世辞で言っているのだと思ったが、目が本気のようにも見えた。

「そうそう、忘れておりました。髪が男のように短いのがよろしくないと思いまして、こちらをご用意いたしました」

侍従がワゴンの箱からとりだしたのは、長髪のカツラだった。それも金髪。それを、有無を言わさずかぶせられた。

「おおう。やはり、すばらしい。リキャルド様、これならいかがでしょう」

侍従が興奮した面持ちで褒めるが、ありえないだろ。日本人顔の俺に金髪だぜ。似合うわけがない。

リキャルドはカツラをつけた俺を無言で見つめている。

ノーコメントなのは、きっと言いようがないほど気色悪いからだろう。

侍従は任務を終えて満足したようで、片付けに入っている。

ふと、クスリの効果が薄れてきていることに気づいた。もうすこしの我慢か、と意識がそちらにいっているあいだに、脱がされた寝間着を回収されそうになっていた。

「こちらはもうよろしいですね」

「いや、それはっ、ええと、置いておいてください」

慌てて阻止すると、侍従に睨まれた。

「私が出ていったら着替えるおつもりですか」

そのとおりだよ。

「いや……寝間着用に。ズボンじゃないと、俺、眠れないんです」

「では夜になりましたら新しいものをご用意いたします」

言いわけしてみたが、回収されてしまった。寝間着だけでなく、汗臭いシャツと半乾きのズボンもだ。彼が出ていったあと、俺は一も二もなくカツラをとった。

その頃には完全にクスリの効果も消えていて、欲望を感じなくなっていた。

ああ、よかった……。

俺はベッドに腰掛け、佇《たたず》んでいるリキャルドを見あげた。

「まさかと思うけど、あれ、本気じゃないよな」

「あれ、とは」

「さっきの侍従が、このドレス姿を似合ってるって言ってたことだよ」

確認のつもりで話すと、リキャルドは複雑そうな顔をした。

「どうだろう……。長いこと女性を見ていないせいで、頭がおかしくなっているのかもしれん」

「あんたはだいじょうぶなんだよな。気色悪いって言ってるし」

「……。ああ」

すこしだけ考えるような間があったのは、たぶん気のせいだろう。

リキャルドは俺のほうを見ない。俺も自分のドレス姿なんか見たくない。裸のほうがマシだと思い、その場で脱ごうとしたら、リキャルドが自分の着替えを俺に寄越《よこ》した。

「これを着たらいい」

「いいのか」

「着替えない不快さよりも、その姿を目に入れることのほうが耐えがたい」

そこまで言うか。

リキャルドの不遜な態度はあいかわらずだが、俺への同情も言外に感じた。潔癖症っぽいから、自分の服を他人が着るのも、一日着替えないのも、本当は嫌だろうに。

ありがたく着替えると、シャツの袖もズボンの丈も長く、折り返さなくてはならなかった。それも三回くらい折り返す必要があった。

そんな俺の姿を見て、リキャルドが思わずといったふうにフッと笑った。

くそ、笑われた。イケメンの驕《おご》りだぜ。

「おいあんた、すこしばかり手足が長いからって、笑うことないだろ」

本気で怒っているわけじゃないが、睨むまねをしてみせると、相手も大げさな仕草で片手を胸に当ててお辞儀をしてきた。

「これは失礼。悪気はなかった」

「悪気があったら本気で拗《す》ねるぞ」

そう言ったらさらに笑われた。

「ちなみにおまえの手足がすこしばかり短いのは、人種の特徴なのか」

「あー、まあ、そうかな。あんたたちよりは背が低い民族かもな」

「おまえが特殊なわけでも、じつはやっぱり女性だからというわけでもないいんだな」

「……おい。まさか、まだ疑ってるのか？」

「いや、冗談だ」

本当かよ……。

「だったらいいけど……」

まったく、イケメンの冗談はわかりづらいぜ。

まあ、なにはともあれ、服を借りられてよかった。スタイルの差を見せつけられたのは癪だが、ドレスよりはずっといい。

「サンキュ。助かった」

謝礼の際、俺としては非常にめずらしく、にこりと笑って見せた。

笑い顔すら怖がられる俺なので、笑顔はし慣れていない。当然リキャルドに見せるのも初めてだ。

リキャルドも俺の笑顔を見て不気味に思ったのだろうか、奇妙な顔をしていた。

「あ、いまのは怒ったわけでも嫌味でもないぞ」

いつも誤解されてばかりだから、またなにか誤解されただろうかと思い、いちおうそう言ってみたら、眉をひそめられた。

「なにを言っている。笑顔をむけられたのに、そんな曲解するわけがなかろう」

「……そうか。いや、けっこう俺、誤解されることが多いから」

「ほう。そんなふうには見えないがな」

ふつうにそう言われ、なんだか戸惑ってしまった。

俺の態度を誤解せず、ありのままに受けとめてくれた相手は、もしかしたらはじめてかもしれない。

この気分はなんだろう。感動、に近いのだろうか。

どうしよう、ちょっと嬉しいぞ……。

そんな感じでテンションがあがり、また、男らしい服装に戻って寛《くつろ》いだところで夕食が届いた。

「……今度は入ってるかな」

「わからんが……入っている気がする」

ふたりして皿の上の固形物を睨む。やがてリキャルドが手にとった。

「あんた、食うのか」

「ああ」

「一食ぐらい抜くって手もあるんじゃないか」

「いや、食べ続けてみる。自分の身体がこのクスリに慣れてしまえばいいんだ。敵は、私たちが降参するまで続けるつもりだろう。受けて立ってやる」

自分の親を敵と呼び、リキャルドは気高そうな瞳を光らせると、力強く固形物をかみ砕いた。

「降参などしてたまるか。いくら催淫剤を投与されたところで、男とはできないと証明してやる」

男の気迫に妙に勇気づけられて、俺も一本を口に放り込んだ。

「俺も、戦うぞ」

「よし」

カロリーメイトもどきを荒々しく咀嚼することで、リキャルドと共同戦線を張っているような妙な連帯感が強まった気がする。

本当に戦場で戦っているように気分が高揚してくるぜ——と思っていたら、案の定、その夕食はクスリ入りで、その夜も俺たちは欲望に苦しめられた。

異世界まで来て、俺はなにをやっているんだか。

四

翌朝。

侍従に首尾を訊かれ、なにもないと答えたため、王子といえど容赦なく本日も閉じ込められている。

「きたか」

「ああ。食うぞ」

今朝も運ばれてきた食事を前に固唾《かたず》を呑み、気持ちを強く持とうと意識を高める。

毎食クスリを盛られて、その都度俺たちは耐えていた。

「……あー、くそ」

飲み込んでしばらくすると身体が熱くなり、強い欲望に襲われる。俺は水をたくさん飲んでクスリを早く排出しようとしてみたり、部屋の中を歩きまわったり、ベッドの上でごろごろ身悶《みもだ》えてみたりしてやり過ごす。一方リキャルドは呼吸法を変えることで耐えているようで、静かにベッドに横になっていたり、座禅のようにあぐらをかいていることが多い。

俺は欲望に襲われているときでも、自慰しているのをリキャルドに見られるのは嫌だから背をむけて遠慮がちにするのだが、リキャルドはあまり気にしないようだ。

俺がこそこそとしていたら、リキャルドに言われた。

「おまえはなかなか神経質だな」

はい？

「……なんで？　どこが？」

「そうやって、自慰するのをやたらと気にしているだろう」

いや、それ、あたりまえじゃないか？　神経質だなんて、潔癖なあんたに言われたくないぞ。

「俺はいたってふつうだ。俺から見たらあんたのほうがよっぽど神経質だぞ」

「私のどこがだ。人からは、おおらかな男だという評価を受けているぞ」

潔癖なところだよ、と言おうとしたが、おまえが不潔でがさつなだけだと言われそうな気がした。無駄なケンカはしたくないので、俺はちょっと考えてから答えた。

「……俺、思うんだけど。人って、自分とこだわりの方向性が違う相手のことを神経質って言いたがるよな」

リキャルドは意表をつかれたように目を開き、口を閉ざした。

「……なるほど。一理あるな。そういう考え方もある」

素直に納得してくれたようで、言い合いに発展しなかった。

こいつ、威張った態度をとっているけど、けっこう素直なんだよな。人の意見を否定せず受けとめてくれてさ。根はまっすぐでいいやつっぽい。

そんな一幕もあったりして、欲望をやり過ごし、やがてピークを過ぎたら、今度は暇すぎて時間をもてあましてしまった。

することがないと、欲望を強く感じてしまう。すこしだけ残る欲望から気をそらすためにも、となりに横たわるリキャルドのほうは見ず、くだらない話題をふった。

「なあ。あんたも肛門はないいんだよな」

「あるわけがないだろう」

「尻、見せてくれないか」

返事がないので目をむけると、軽蔑《けいべつ》するような白い目で見られていた。

「いや、どんな感じなのかなーと」

暇なのと好奇心とで口にしてしまったが、尻を見せろというのも変態じみていたな。

リキャルドが白い目つきのまま答える。

「ならばおまえも見せろ」

人に見せろと言っておきながら、自分が尻を見せているところを想像してみたら、冗談ではないと思った。

「やっぱりいいです」

顔を背けたら、リキャルドがかすかに笑っている気配を感じた。

俺もつられて頬が緩んだ。

仲よくなったわけではないが、いっしょに監禁されていることで、一種の戦友のような感情が芽生えてきた感じだ。

「おい、中央よりこっちにくるな」

昨夜、ベッドの半分ずつを自分の陣地とする協定を結んだが、俺の腕がベッドの中央から彼の領域へすこしだけ伸びたとたんにこれだ。潔癖症め。

ほかの相手ならば俺はここで会話をやめてしまうだろうけど、こいつには遠慮したり思い悩む必要性を感じず、おなじ調子でまた話しかけた。

「なあ。大陸の女性は絶滅したって話だけど、ほかの大陸はないのか。そこに女性がいるんじゃないのか」

体調が戻ってきたようで、リキャルドが身を起こした。

「ある、とは昔から言われているが、実際にほかの大陸へ渡った者はいない」

「どうして」

「我が国の北部、つまりこの大陸の北端でもあるのだが、その一帯は広大な砂漠が広がっているからだ」

「砂漠の先に行ったことはないのか」

「砂漠の先、陸の果てには海が広がっているらしい」

自国領土ながら、リキャルドは砂漠の先を訪れたことがないという。

「その海を渡ったら、新大陸があるんじゃないのか」

「砂漠は広大だ。船を造ったとしても、海まで運べない。それに、造船の技術も我が国にはない」

身支度を整えて立ちあがる男の背中を見あげながら、俺も身を起こした。

「他国には技術があるってことか？　人類滅亡の危機なんだから、協力したらどうだよ」

「南方の国、アレンドラには造船技術はある。だが、隣国へ沿岸伝いに荷を運ぶための船だ。それより遠くまで行けるような船はない」

リキャルドが浴室のほうへ歩きだしながら説明する。

「だが、各国で協力し、新たな造船技術を開発しようということで話が進んでいるところだ」

沿岸伝いに荷を運ぶための船か。学校で造っていた菱垣廻船もそうだな……。

日本で船を造っていたのはほんの二日前のことなのに、遠い昔のような気分だ。

リキャルドが浴室の扉を開け、そのまま俺にむかってぼやく。

「本当にこんなことをやっている場合ではないのに……」

自己処理で汚れた手を洗い、タオルで拭きながら戻ってきた。

「来週、そのことで各国の首脳が我が国に集まるんだ」

眉間を寄せて苦々しげな表情をしている男の顔を俺は見あげ、首をかしげた。

「そのことって造船の？　造船技術もないこの国に？」

リキャルドが窓辺に手をつき、頷く。

「古来からの伝説で、北部の海のむこうに新大陸があると言われている。そのため、船を送りだすとしたら我が国からということになるだろう」

自分の抱えている問題のためか、リキャルドは多弁で、俺が訊いていないことまで自主的に語る。

「大陸の砂漠地帯は、年々国土を浸食してきている。元々その問題を担当しているのは私でな」

造船には砂漠問題も絡んでくるため、リキャルドが今回の首脳会議の調整役を任されているらしい。

「来週の会合の件は、あらかたの手配はすんでいるし、準備は配下がうまく進めてくれているはずなのだが……」

俺にというより独り言のように呟《つぶや》き、窓の外へ目をむけてため息をついている。

こんなふざけたことをしている場合じゃないというのは、他人事ながらもわかる。

「あんたも大変だな」

素直に同情を口にしたら、青い瞳がこちらをむいた。

「おまえにも、迷惑をかけていると思う。すまない」

謝罪の言葉を聞けるとは思っていなかった。驚いた顔をして見あげると、ムッとされた。

「なんだ。私だって、謝罪を口にすることもある」

「自覚があるんだ」

「おまえが理不尽に思う気持ちは、当然のことだと思うからな」

あいかわらず尊大な態度で、謝罪している人間の態度ではないが、こいつはこういうやつなんだよな。

なんだかもう、しょうがないな、という気持ちになった。

内心で苦笑し、俺は話を元に戻した。

「その砂漠が拡大している問題だが、樹木を植えたりしているか？」

リキャルドがまばたきをする。

「樹木？」

「木や草を植えて、砂漠の拡大を防ぐんだよ」

砂漠の緑化は、日本では小学生でも知っている環境問題対策だが、この国ではおこなわれていないかもと思って言ってみたら、案の定リキャルドは知らないようだった。

「砂漠に植えても枯れてしまうんじゃないのか」

「乾燥に強い、風土に合ったものを植えるんだ。もちろん枯れないように手入れも必要だけど。うちの国では、なんだろう……松なんかが多いのかな」

リキャルドがしばし無言になり、まじめなまなざしで俺を見つめる。いま初めて俺に興味を抱いた、そんな感じだ。

「なんだよ」

「おまえは、自国ではなにをしていたんだ」

「学生だ」

「学生？　けっこうな歳に見えるが」

「二十二歳だけど。もうすこしで二十三になる」

「……年相応だな。二十二でも学生なのか」

「うちの国では、このぐらいの歳でも専門の勉強をしているやつはけっこういるけど。ここではめずらしいのか」

「十六までだな。その後も勉学を続ける者は、学者や研究者と呼ばれる」

リキャルドは俺を学者というカテゴリーに入れたのだろうか。なんだか俺を見る目が変わったぞ。

「ふうん……ところで俺、造船を学んでたんだけど」

リキャルドが目を見開き、身を乗りだしてきた。

「なんだと⁉　本当か」

「この世界で通用するのか知らないけど。技術を提供する代わりに、監禁を解いてほしいと頼むことはできるか」

「もちろんだ。造船技術は、ぜひともほしい。いますぐにでもだしてもらおう」

おおっ。まさかこんなことでここからだしてもらえるのか？

「だしてもらえるかな」

「むろん。今度の首脳会議にも出席してくれ」

リキャルドも嬉しそうでよかった。

リキャルドは早々に戸口へむかい、俺たちをだすように要求した。

「カリヤは学者だ。造船の技術者でもあるそうだ。カリヤを交えて、早急に関係者と会議をしたい」

しかし返ってきたのはこんなセリフだった。

「リキャルド様。そのようなうそをつかれても困ります」

「うそではない。と思う。私もうそではないと確認したいから、ここからだして話を進めさせてくれ。そう父上に報告しろ。私たちをだすか否かはおまえの判断ではない」

「では少々お待ちください」

侍従が確認に行った。

急展開だな。ここから出られたら造船をすることになるのか？　まあいいけど、それより俺としては、日本に帰れるかどうか調査したいんだけどな。

でもそうすると、もうリキャルドとはお別れってことか。

せっかく仲よくなりかけていたのに、残念な気もする。

ぼんやりと今後の展望に思いをはせているうちに、係が戻ってきた。

「リキャルド様、報告して参りました」

扉のむこうから声が届く。

扉が開く気配はなく、嫌な予感を覚える。

「ここに我らが待機しているからいけないのだという話になりました。ですので、しばらく離れます」

ええっ⁉

「こら、待て！」

「ちょ、ちょっと、あのっ」

俺たちが叫んでも扉を叩いても、それきり返事はなかった。

「ばかな」

まだ俺たちがセックスするってことにこだわってるのかよ。しかも待遇が悪くなるってどういうことだよ。

リキャルドが苛々と部屋を歩く。俺も不安になってそわそわと立ちあがった。

「なあ、いつまで放っておかれるんだ」

「さあな」

「食事はどうなる」

リキャルドがふり返り、くわっと口を開いた。

「おまえはそれしか考えることがないのかっ」

だって出られるってすごく期待してたのに、一気に待遇が悪くなるようだから、不安になって思わず訊いちゃったんだよ。命に関わるんだから、食事は大事じゃないか。

ここの人間とは食事のペースが異なるから不安なのだ。こんなところで飢え死ぬなんてごめんだ。

やきもきしていると、扉の鍵がカチリと開く音がした。しかし扉は開かない。

「なあ。いま、音がしなかったか」

「いや」

扉から離れた場所にいたリキャルドには聞こえなかったらしい。

気のせいかもと思いつつ、俺は扉のほうへ行き、取っ手をまわしてみた。

「あ」

すると、開いた。

扉のむこうの待機室には誰もおらず、その代わり、大量の食事が置かれていた。

廊下へ出る扉は鍵が閉まっている。

いま、侍従がこっそりこれを置きに来たのだろう。

リキャルドもやってきて、食事の量を目測する。

「三日分はあるな」

「ってことはつまり、三日は誰もこの部屋に近寄らないってことなのか？」

「そういう意思表示だろう」

「体調を崩したり、緊急の用事があったらどうするんだ」

「体調は崩さぬように管理しろ」

「……乗り切るしかないってことか」

「ああ」

リキャルドがめずらしく肩を落とす。

「愚かな王ですまない。父は独裁的とまではいかないが、思い込みが強くて人の意見に耳を貸さないことが多々あってな。目的のためには手段を選ばないところもあり……我が父ながら本当に……」

殊勝にされるとこっちもあまり責められなくなる。

なので、のんびりした口調で言ってやった。

「いや、まあ、それだけ切羽詰まった状況なんだろ。愚かとは思わないぞ。造船のことは俺たちがくっついたあとで考えればいいと判断したのかもしれないし」

　リキャルドが顔をあげた。

「父を庇《かば》うようなことを言うのだな。許せるのか」

「許すとかじゃなく、いろんな立場があって、俺の立ち位置からはわからない思惑とかいろいろあるんだろうなと思っただけだ。あ、でも、諦めたわけじゃないぞ。前向きにいこうぜ。こうなったら合宿のノリで」

「この状況で、前向きになれだと？」

「ああ。どんな状況でも、前向きに考えたほうが得だぞ。俺、なにがあっても諦めずにがんばれば、かならず道は開けるって信じてるんだ」

「……ほう。もしやおまえは、夢は信じれば叶《かな》うと信じている派か」

　どことなくあざ笑うような冷めた口調で問われ、俺は頷いた。

「基本的にはそうだな。もちろん信じるだけじゃなく、相応の努力が必要だと思ってるけど。夢をつかんでいる人は、人一倍努力してるから。運や才能を理由に諦めてるやつって、やっぱり努力が足りないよなって思う。自分に才能が足りないと思うなら、そのぶん努力すればいい。実力がつけば運も自《おの》ずとついてくる。そう思ってる」

　リキャルドが静かに問う。

「血を吐くほど努力しても無理だったら、どうする」

「そのときは、いちど初心に戻る。努力の方向性はあっているのか、違う角度から攻められないか、新しいアプローチ方法を考えて、そしてまたトライする」

リキャルドの言葉に皮肉な雰囲気を感じたから、俺は一生懸命になった。

「俺、大学受験に失敗して一浪してるんだ。滑り止めも受けていて、そっちは受かっていたんだけど、でもどうしても第一志望校に行きたくてがんばったら、次の年に受かったんだ。で、その直後に両親が交通事故で他界しちまって。いろいろ大変だったけど、どうにか大学に通い続けることができたんだ」

リキャルドに日本のお受験事情なんて話しても、理解されないかもな。青臭いことを言ってると思われただけかも知れない。でも、そんな経験があるから、青臭いセリフも自信を持って口にした。

「だからさ、前向きにがんばろう。それからちょっと話がそれるけど、王の真意は俺なんかにはわからないけど、あんたをとてつもなく信頼しているってことだけははっきりしてるよな。この、国家の存亡をかけている事案を、あんたひとりに委《ゆだ》ねているんだから」

青い瞳を見つめて、もういちどまじめに言う。

「目的のためには手段を選ばないっていう王に、そこまで信頼されているあんたって、すごいと思うぞ」

リキャルドが、じっと俺を見つめる。

「……そんなふうに考えたことはなかったな」

「そうか。ま、いつまでも閉じ込め続けるはずもないだろうし、がんばろうぜ。いくら耳を貸さない人でも、どうやっても俺たちがくっつかなきゃ、そのうち俺が男だとわかってくれるだろ」

「……そうだな」

「そう。そうしたらさ、これをきっかけに、王も人の意見を聞くようになるかもしれないし、俺もあんたも王に貸しができて、でかい顔ができるかもしれない。三日我慢するだけで明るい未来が待っていると思えば、耐えられるさ」

俺はにやりと笑って明るく言ってやった。

「解放されたら王になにを頼むか、いまのうちから考えておこうぜ。三日もあるんだから、じっくり考えられる。俺は絶対、食事の改善を頼む」

リキャルドがようやく硬い表情を緩ませる。

「やっぱりおまえは食事か」

「ああ」

俺はもういちどにやりとし、それから落ち着いた声音で告げる。

「俺はなにかと嫌だ嫌だと騒いでるけど、騒げるってことはそれだけまだ余裕があるってことなんだ。だから俺はだいじょうぶだぞ」

「おまえは、強いな」

リキャルドがまぶしそうな目をした。

「もし私がおまえの立場だったら、はたしておまえほど気丈でいられるか、と思う」

「俺なんかよりすごくがんばりそうな気がするけど、そうじゃないのか」

「おまえがそばにいれば、そうかもしれないな」

リキャルドはちいさな声で言うと、照れたように目をそらした。

「愚痴など漏らしてすまなかった。気を遣わせたな」

俺が急に前向きな態度を見せた理由を、彼はわかっているようだった。

リキャルドは真顔で呟くように言う。

「神経質の話のときといい、おまえは人と変わったものの見方をする。といって変人というわけでもない。ふしぎなやつだな」

「そうかな」

他者と深く関わった経験がないから、ふしぎと言われてもピンとこない。まなざしや声の調子から、悪い意味で言っているわけじゃなく、むしろ感心している様子だ。ともかく気持ちが上向いてくれたようでよかった。

どれだけ監禁されてもエッチをしようという雰囲気にはなりそうもないが、結束力は強まった気がした。

五

けっきょく、監禁されてから五日が経過してしまった。

俺とリキャルドは当然エッチなどしていない。でも友情めいたものが育まれている。

そんな朝、唐突に王からの呼びだしがあり、俺たちは部屋から連れだされた。

前後を兵士に挟まれながら、廊下を並んで歩く。

「なにかあるのかな。リキャルド、どう思う」

「どうだろう」

監禁されたばかりの頃と比べると、互いに刺々《とげとげ》しさはなくなり、気安く会話ができる間柄となっている。

「もしかして王も諦めてくれたかな」

「だといいが……」

一番最初にこの世界に来たときの広間に連れていかれると、先に王が来ていた。

「カリヤよ。手荒なまねをしてすまなかった」

立ったままの俺たちに、王が壇上の椅子《いす》から頭を下げた。

「一日も早くことを進めたかったのでな。しかし我が息子も悪い男ではあるまい。婚約の儀式は盛大におこなおうと思っている」

いや、だから。男ですから。

王ってば、全然諦めてないんだな。

「カリヤ?」

なんと答えようかと迷っていると、返事を催促するように名を呼ばれた。

初対面のときはパニックしていたため、一国の王相手に思ったことをそのまま口にしてしまったが、今回は本来の自分が顔をだし、気後れが先に立つ。

考えた末、けっきょくぼそぼそと事実だけを口にした。

「俺は男です」

「まだそのようなことを言っているのか」

王が呆《あき》れた声をだし、リキャルドへ尋ねる。

「まさかと思うが、まだなにもしていないということはあるまいな」

「なにもしていません」

王は、澄ました顔で答える息子から俺に目をむけた。

「リキャルドでは不満か」

不満とかそういう問題じゃないんだけど、そう言ってもわかってもらえないんだろうなあ。なんと答えればよいか、これにも即答できずにいたら、リキャルドがちらりと俺を見て、代わりに答えてくれた。

「そういうことではなく、カリヤは男ですから。なんども言っておりますが子作りは無理です」

「リキャルド。我が息子ながらふがいない男だ。乙女の心を射止めることができなんだか」

「ですから」

「誰でもいいわけでもないのだ。今後もカリヤを守れる立場の人間でないといかん。だからおまえを指名したのに」

王がため息をつく。そしてとんでもないことを言いだした。

「子作りには若い男のほうがいいのだろうが……しかたがない。リキャルドがダメなら、わしが相手になろう」

わあ！　なに言いだすんだこのおっさん。斜め上すぎだろ。

「父上」

冗談じゃないぞとすくみあがる俺の横で、リキャルドが一歩前へ出た。おおさすがリキャルド、反論してくれる気だな、まかせたぞ！

「それはご勘弁いただきたい。どうか父上はご遠慮ください」

そうだそうだ、若い男だろうがおっさんだろうが無理なんだ。リキャルド、もっと俺が男ってことをアピールしてくれ。エッチだって子作りだってできないんだって教えてやってくれ！

「なぜだ」

王の質問に、リキャルドは間を置くように息を吸い込んだ。

そして静かに、しかしはっきりと、こう言った。

「私がカリヤを愛しているからです」

はあ⁉

俺はぶったまげて斜め前に立つリキャルドを凝視した。

その横顔は真に迫り、堂々としている。

「たしかに私たちはまだ身体《からだ》の関係には至っておりません。ですがそれは、カリヤを大事にしたいという私の考えからです。催淫剤《さいいんざい》を使うなどという卑劣なやり方をしていては、カリヤは心を開いてくれません。私は心からカリヤを愛したい。我が愛を証明するために、あえて手をださずにいたのです。クスリを盛るのはやめてほしいと再三申してきたのはそのためです」

王が静かに息子を見つめる。リキャルドはその目を見つめ返して言葉を続ける。

「いましがた、カリヤが男だという主張に私も乗ったのは、とにかくクスリを盛るのをやめていただきたかったからです。それをやめないと、カリヤは私に心を開いてくれません。カリヤが自らを男だと主張するのは、父上のやり方への抵抗なのです。私を応援してくれるのならば、どうか見守っていただきたい」

「おまえ、はじめは嫌がっていたが……気が変わったか」

「はい。この数日、カリヤとともに過ごすうちに考えが変わりました。心から彼女を愛してしまったのです」

とても演技には見えないが、演技以外のなにものでもないことはわかっている。わかっているが、俺は頬《ほお》を引きつらせてリキャルドの横顔を見つめ続けた。

なるほどこう言えば、王も手を引くかもな。しかしよく真顔で言えるよな……。

ハラハラしながら見守る俺を王が一瞥《いちべつ》し、それからリキャルドに目を戻す。

「任せていてだいじょうぶか。カリヤはおまえに興味がなさそうだが」

さすが王、こんなわかりやすい嘘《うそ》見抜いてるぞ。どうするリキャルド。

「彼女は照れているだけです」

おい、勝手なことを言うなよ。

「監禁するのもやめていただきたい。私の辛抱も限界です。そのせいで誠意が伝わらなかったら困ります」

王は真偽を探るようにしばらく息子の顔を見つめていたが、やがて頷《うなず》いた。

「わかった。ではそのようにしよう」

やった、解放される！

不本意な作戦だけど、よくやったリキャルド！

王が先に退席し、侍従が俺のもとへやってきた。新しい部屋へ案内するという。

わあい！　嬉《うれ》しくて足取りも弾んじゃうぜ。

侍従に従って歩きだすと、リキャルドもついてきた。

「おい、誤解するなよ」

俺と肩を並べ、前を見ながら言う。

「父上があんなことを言いだしたから。そうなるといろいろと面倒だし、さすがに気の毒だから助けてやっただけだ」

そんなこと、言われなくてもわかってるのに。

「わかってる。サンキュ」

俺はぷっと笑って彼を見あげた。

リキャルドが俺の笑顔を見て、ちょっと驚いたように目を見開いた。

「なんだよ」

「いや……おまえのそういう顔は、意外で……いや、なんでもない」

リキャルドが戸惑ったような、なにか言いわけするように言いかけ、口ごもった。

うん、強面《こわもて》の俺に笑顔は似合わないよな。そういう反応になるよな。

しかし俺、こいつ相手だと自然に笑えるんだな。ふしぎだ。日本にいた頃は対人関係にあれほど悩んでたのにな。

そんなことを思っていて、リキャルドの態度について深く考えることはなかった。

案内された俺の部屋は、リキャルドの部屋のとなりだった。

寝室と居間、大きなクローゼットがある。天井にも壁にも花や鳥の絵が描かれ、床にはゴブラン織りのような絨毯《じゅうたん》が敷かれている。控えめだが上品で丁寧な細工が随所に見られる内装だ。

そして、寝室からリキャルドの部屋へ続く扉がついている。

これ、王子の奥さんのための部屋だよな……。

立場上、そうなるか……。

まあ隣室がリキャルドの部屋ならば、なにかと心強いかな。女性と誤解されていることは、いまは目をつむろう。

ところで風呂がないんですけど。

「浴室は……？」

「リキャルド様のお部屋の浴室をお使いください。リキャルド様、それでよろしいですよね」

執事っぽい侍従がきりっとした顔つきでリキャルドを見あげる。

リキャルドも先ほど宣言した手前、嫌とは言えない様子。

「ああ。そうだな」

澄ました顔をして頷いていたが、本音は嫌なんだろうな。潔癖症だし。

「それではカリヤ様、お召し替えのお手伝いをいたします」

「え。この格好のままでいいですけど」

俺は三日前にリキャルドから借りた服のままだ。

「またそのような。レディはレディらしい格好を、どうかお願いいたします。我々の目の保養のためにもドレスを着てくださいませ」

「はい？」

なに言ってんだ、この人。目の保養って。目が腐るとでも言うならわかるが。

ぽかんとする俺の肩にリキャルドの手が置かれた。

「手伝いはいらない。カリヤの肌をほかの男にこれ以上見せたくない」

リキャルドは笑いもせず、真顔で言う。

「それから、これからふたりで剣の稽古《けいこ》をするから、このままでいい」

「カリヤ様も剣を？」

「唯一の女性だ。不逞《ふてい》の輩《やから》に襲われるかもしれんから、護身のために多少は使えたほうがいいだろう」

「たしかにおっしゃるとおりでございますね」

食事の時刻やら部屋の使い方やらの説明をすませて侍従が出ていくと、俺はなかば感心しつつとなりの男を見あげた。

俺の視線を受けて、リキャルドが顔をしかめた。

「言っておくが、本気で言ってないからな」

「わかってる。助かった。しかしあんた、自分で言ってて、怖気《おぞけ》が走らないか」

「しかたがない。これも政治の駆け引きの一環だと思って、腹をくっている」

「心にもないお世辞をあんたも言うのか」

「言わねばいけないんだろうが、難しいな。できるだけ逃げている」

本音を聞けて、俺は頬を緩めた。

リキャルドは王子にしては美辞麗句が下手《へた》な男だ。気どったところもない。だから素直っぽく感じて、人づきあいが下手な自分でもついつい喋《しゃべ》れるのかもしれないな。

王子稼業にはむいていない気がするけど、口下手な俺はリキャルドみたいな男に憧れるし、ちょっと居心地がいいんだ。

「造船の関係者と引き合わせたい。だが、侍従にああ言った手前、まず稽古をするぞ」

身体を動かすことは嫌いではないので、俺は頷き、リキャルドと中庭へむかった。

基本的な型を学び、それから軽く手合わせしていると、徐々にギャラリーが集まってきた。

身なりからして、兵士や侍従だけでなく、貴族っぽい男もいる。

そちらに気をとられてしまい、手元が甘くなった。

「あ」

リキャルドの剣が俺の剣をはじき、俺は剣を取り落とした。その拍子に剣の切っ先が袖をかすめていった。

布がわずかに裂ける。

「だいじょうぶか」

リキャルドが血相変えて剣を収め、俺の前に跪《ひざまず》いた。

「すまない。ケガを負わせるつもりはなかった。見せてもらっていいか」

そう言って、恭《うやうや》しく手をとる。

なんだこれ。オーバーすぎやしないか。

「べつにだいじょうぶだけど。袖引っかけただけじゃん」

「だが、一応。大事なカリヤの身体に傷でもついたら。私は夜も眠れなくなる」

「おい」

セリフもそうだが、見あげてくるリキャルドの青い瞳がやけに熱っぽく、身を引きかけた。

「なに言ってんだよ」

リキャルドが甘くほほえみ、俺の手へくちづけた。そして袖をまくり、腕を確認する。

「つれない人だ」

「ケガはしていないな、よかった」

本当に心から安堵《あんど》したようにほほえむと、リキャルドは立ち上がり、俺の腰に手を添えた。

なんだなんだ、この素敵王子がベタ惚《ぼ》れの彼女にするようなあれこれは。頭でも打ったか？

「すこし休憩しよう」

まだはじめたばかりだというのに、城の中へと誘導されてしまった。

「なんだよいまの」

「私はおまえを愛して求婚しているということになっているのだから、あれぐらいはやらないといかんだろう」

「だけどさ……」

ギャラリーがけっこういたから、あんな芝居をしたらしいが、必要だっただろうか。王子ってそんなものなのか？

まあいいけどさ。

部屋へ戻る前に王宮図書館なるところへ連れていってもらった。

監禁されているあいだにこの世界の造船について話しあったのだが、船のない国で生まれ育ったリキャルドの説明ではわからないことが多すぎた。この世界の船について確認しておきたい。

図書館で資料を見、その後部屋へ戻ってしばらく後、リキャルドが関係者三名を引き連れてやってきた。

「この方が……」

三人のうちふたりは二十代、ひとりは四十代ぐらいだろうか。

三人とも俺を見て緊張し、わずかに頬を染めている。

「なんだか甘い香りがする……」

「女性というのは、こんな美しいものなのですね……」

年若いふたりが口々に言う。それを聞き、年配の男が頷く。

「そうさ、俺も女性を目にするのは三十年ぶりぐらいだが、よく覚えている。女性とはこういうもんさ。かわいらしいのに色っぽくて」

俺は甘い香りなんかしない。むしろ剣の稽古をしたあとで汗臭いはずだし、美しくもない。

リキャルドのほうがよっぽど美男だ。

俺は戸惑いながら、横にいるリキャルドへこっそり耳打ちした。

「なに言ってんだ……?」

「女性への幻想が強すぎて、目がおかしくなっているんだろう」

リキャルドは小声でそう言うと、彼らにむかって澄ました顔で言った。

「おまえたち、カリヤは照れ屋だ。賛辞を贈られると、困ってしまうそうだ。気持ちはわかるが、控えめにしてくれ」

リキャルドはもう、俺が男だと周囲に認識させるのは諦めているようだ。

「カリヤ、こちらへ」

リキャルドに促され、居間のソファに腰掛けた。その左どなりにリキャルドがすわる。

「カリヤは学者で船の専門家だ。自国で船を造っていたところ、こちらに召喚されたそうだ」

船の話になり、みんなの表情が引き締まり、俺も気持ちを切り替える。

この世界の海がどのようなものかもわからないが、まずは俺が本当に船の知識があることを証明する必要があるので、設計図を作ってみせることになった。

大学では当然パソコンを使っていた。細かい計算もパソコン任せだったが、ここにはパソコンなんてないから、手書きだ。

うーん、できるか、俺。

「えっと。精密な設計図は時間がかかるのでいまお見せすることはできません。今日は、イメージ図ぐらいでいいですか」

みんなが頷く。さっそく筆記用具を用意してもらったが、厚手の紙や羽根ペンにインクという、慣れない道具だ。インクのつけ具合や筆圧に苦戦していると、リキャルドが俺を抱き寄せるように密着してきた。彼の右腕が俺の背後からまわされ、俺の右手を握る。

「ペン先は、このくらいつけるといい」

甘ったるい声を耳元に吹きかけられながら、ペンを握った手を動かされ、ペン先をインク壺《つぼ》に入れられる。

「ああ、そんなに力を入れないで。もっと優しく……緊張している？」

「………」

「紙の上を滑らせる感じで……そう、上手だ」

男の大きな手に包まれ、紙に線を書く。書いているあいだも、頬に彼の視線を感じる。

「どう？　もういちど練習するか？」

俺は声をだすことができず、無言で首をふった。

それからあとは自力で書いたが、なんだかもう……。

みんなが退室し、ひとりになると、どっと疲れが押し寄せてきた。なにをしたというわけでもないのだが、あのリキャルドの甘ったるい態度に戸惑ってしまって。

思いだそうとしたわけでもないのに、じっと俺を見つめる青い瞳が脳裏に浮かんだ。

ちょっとどきりとしてしまった自分が嫌だぞ。

面会を終えると俺はリキャルドの部屋で食事をすませ、それから浴室を使わせてもらい、寝間着に着替えた。寝間着は監禁時にもらったものとおなじ、簡素なものだ。これはリキャルドの配慮だろう。

久しぶりに新しい服に着替えられ、さっぱりした気分で自室へ戻る。

寝室のベッドは白く、監禁部屋にあったベッドよりもひとまわり大きい。天使の浮き彫りなどが施されていて、しかも天蓋《てんがい》付きだ。寝具の色は淡いピンク色で統一されている。サイドテーブルにはポプリが置かれ、ほのかに甘い花の香りが部屋に漂っている。

特別変なものはなにもないのだが、この雰囲気やベッドの存在感が、部屋のあるじは誰かということを強く意識させられ、落ち着かない。

もう陽《ひ》は落ちたし、さっさと寝てしまおうと部屋の明かりを消して横になったとき、となりの部屋と繋《つな》がる扉がノックされた。

「入るぞ」

返事をする前にリキャルドが入ってきた。俺とおなじような寝間着姿だ。もちろん、スタイルの違いからシルエットが全然違うのは言わずもがなだ。

「もう寝ていたか」

俺は起きあがり、明かりをつけた。

「寝るところだった。どうしたんだ」

明かりに照らされるリキャルドの表情は半分影になっていてよく見えない。そのせいか、いつもの堂々とした態度ではなく、どことなく落ち着かない様子に見えた。

「ちょっと眠れなくてな」

「もう、催淫剤は盛られてないだろ」

「ああ」

リキャルドは壁際にあった椅子に腰掛け、迷うように視線をさまよわせる。

「なんだ、その、昼間の話の続きがしたくなってな」

「船の話か」

「まあ、それもある。でもそれより前に、おまえの国の……女性について、聞かせてくれ」

俺はベッドの上であぐらをかき、普段と様子が異なる男の顔をしげしげと見つめた。

「女性？」

「ああ。この国で、女性を知っている者たちに話を聞いても、美化されすぎていて、真実味がいまいちでな。おとぎ話を聞いているようにしか思えないので、おまえに確かめたいんだが。女性の笑顔を見ただけで心臓がとまるというのは本当なのか」

なんだそりゃ。

俺は失笑した。

「それって比喩《ひゆ》だろ？」

「いいや。本当にそうだと年配の者たちは主張している」

「いやー。どんなに美女の笑顔を見たとしても、死にはしないだろ。それじゃ妖怪じみてるぞ。おなじ人間なんだから、もっと男に近いものだと想像してくれ」

「そうか。では、笑顔を見たらどうなる」

「それはまあ、好きな女の子なら心臓がどきどきしたりするんじゃないか？　でも好きでもない女の子だったら、男の笑顔とさほど変わらないと思う」

「近づいたり、ふれあったりしたら？　それでも心臓はとまらないのか」

「とまらないって。それもやっぱり、好きな相手なら、脈があがったり呼吸が苦しくなったり、身体が熱くなったりするだろうけど、意識してない子だったら、どうもならないんじゃないか」

「そうか……」

考えるように俯《うつむ》いたリキャルドだが、ふと気づいたように顔をあげた。

「好きな相手なら、と……。そういえばおまえは故郷に、好きな相手や恋人はいたのか」

「いないけど」

恋人どころか友だちもいないのだ。

答えると、リキャルドが安堵したように吐息をつき、

「そうか。よか……っ、……」

と、なにげなく口にしかけた己の言葉にぎょっとしたように口を閉ざし、口元を片手で覆った。

「どうしたんだリキャルド。ひとりで百面相してるぞ」

「ああ、いや……その……なんだ」

目の前の男は視線をさまよわせつつ慎重につばを呑《の》み込み、息を整え、それから自分の膝《ひざ》の辺りへ目を落とした。やたらと深刻そうな雰囲気で、カリヤ、と俺の名を改まって呼ぶ。

「……おまえは、男だよな」

「そうだとなんども言ってる」

リキャルドはやや前傾姿勢になり、膝に肘《ひじ》をつき、祈るように両手の指を組んだ。その姿勢で大きく息を吐き、ためらいながら切りだす。

「昼間、おまえになんどもふれただろう」

「ああ、演技でな」

「そうだ。演技だ。以前は演技でも、男相手にあんな態度をとるのは気色悪いと思っていた。思っていたのだが……、実際にやってみると、案外……そうでもなく……」

リキャルドにしては異常に歯切れが悪く、聞いているこっちも不安になってくる。

「気色悪くもなく……その……むしろ……」

リキャルドはそこで言葉をとめる。

最後のほうは呟《つぶや》きに近く、よく聞きとれなかった。さっきからなにが言いたいのだろうかと俺はイラッとして急《せ》かした。

「おい、よく聞こえない。はっきり言えよ」

リキャルドが俯きがちに、視線だけをあげた。

「つまり、おまえにさわったとき……いま言ったような症状が現れたんだ」

え……？

俺は言われた意味がすぐに理解できず、ぱちくりとまばたきしてリキャルドの瞳を見つめ返した。

「言ったようなって……どきどきしたり……？」

「そうだ」

えっと……。

えっと……。

聞き間違えだろうか。それとも翻訳機能がうまく作動していないのか。

リキャルドのこの発言を、どうとらえたらいいんだ、俺。

リキャルドがずいっと身を乗りだしてくる
「おまえの手をとったら、なぜか胸がどきどきして……どういうことだと思う」

なぜか身体が汗ばんできた気がする。

「どうって……」

「自分でもなんだかよくわからんのだ。昼間はまだ、クスリの効果が残っていただけかもしれん、とも思ったんだが……」

「そ、そう！　きっとそうだろ」

俺の口から不自然なほど明るく大きな声が出た。

リキャルドも頷く。

「そうだよな。私もそうだと思うのだが……」

彼はそう言いながら立ちあがり、ベッドに近づいた。

「な、なに……」

ベッドにあぐらをかく俺を、青い瞳が見おろしてくる。

ためらいを含んだ、静かな声がおりてくる。

「……ちょっと、さわってみてもいいか。確認のために」

「さわるって……どこを」

リキャルドが俺の横に腰をおろした。

「どこならいい」

「そんなこと訊かれても……」

真横から見つめてくる瞳は真剣そのもので、見つめ返すことなどできない。

真剣な悩みならば真剣に対応しなきゃと思うのだが、なんだかどぎまぎしてしまって、冷静でいられない。

「手にふれてもいいか」

俺が返事をする前に、膝の上にのせていた俺の右手に、男の手がふれてきた。

「…………」

「…………」

互いに無言。息が詰まるような数秒が流れる。

リキャルドの手は皮が厚く、指が長い。俺の手をすっぽりと包み込んでしまう大きな手だ。

そして、体温が高い。昼間さわられたときにはそんなふうには感じなかったのに、いまは熱があるのかと思うほど熱かった。

その熱が俺の手から腕へと徐々に伝播《でんぱ》する。まるで感染したように俺の身体も熱くなってきた気がする。

「おい……、どうだよ」

耐えきれなくなって、そっと手を引きながら尋ねてみたが返事はない。

リキャルドの手はその場に留《とど》まり、俺の手を追ってこようとはしない。

ちらりと男の横顔を窺《うかが》うと、なにか考え込んでいるようだ。

「おい、リキャルド」

頼むから返事をしてくれ。やっぱり気のせいだよな？　そうだよな？

「……よくわからない。もうちょっと確認させてくれないか」

え……。

今度はどこをさわる気だよ。

身を引きかけたが、それより早く肩を抱き寄せられた。

厚い胸に頬が当たる。男同士なのだ。なんでもないことのはずなのに、うわ、と焦ってしまう。

なんだよ。なんなんだよ、この状況は。

妙な状況に動揺していると、男の声がささやくように言った。

「はじめの頃は、おまえの裸を見てもなんともなかった。でもいまは、どうだろう……」

なんだそれ。見たいのか⁉

この状況で見せるのは抵抗があるぞ⁉

「脱いで見せてほしい……と頼んだら、聞いてくれるか」

うわ、やっぱり言ってきたぞ。

「えっと……脱いで見せて、それでもよくわからなかったら？　それで終わりか？」

「……どうだろう」

自信のなさそうな声。

服を脱いでもわからなかったら、次は、じかに身体にさわられるのか……?

「な、なんか、エスカレートしそうで嫌だ」

「嫌か。そうか……」

リキャルドは未練そうに呟く。だが俺の肩はまだ離そうとしない。

「カリヤ。……いまこの話をするのはどうかと自分でも思うんだが……日本では男同士でもセックスする、という話だったな」

いや本当に、どうしてこのタイミングでそんな話題を持ちだすんだ⁉

「だったら、なんだよ」

リキャルドは答えない。

首をひねって見あげると、男の頬がほのかに赤くなったようだった。

「おい。なにを考えてる」

リキャルドが俺の視線から逃れるように横をむき、肩を離した。

「……いや。冗談だ」

おい。なにが冗談なんだ。どこからが冗談だったんだ?

「おい、冗談って……」

リキャルドが音を立てて立ちあがった。

「冗談と言ったら冗談だ。忘れろ。邪魔をしたな。おやすみ」

冗談など言ってしまった自分が腹立たしくなったのか、照れ隠しなのか、怒った顔をしながら逃げるように自室へ戻っていった。

「……。なんだよいまの……」

彼が出ていった扉を眺めながら、俺はぼんやりとした。

本当にどこから冗談だったんだろう。

きっとはじめからだよな。

俺にふれるとどきどきするなんて……。

冗談だというのだから冗談だろう。

そう、冗談だ。冗談でないわけがない。

つまらない冗談になってしまったから、いたたまれなくて逃げたんだろう。

本気で言ったわけではないはずだ。だってあれほど、俺と抱きあう気はないと言っていたのだから。

でも、あの言い方……あの態度……。

まさか……。いや、でも……。

「冗談、だよな……？」

自分に言い聞かせるようにそう言いながら、俺は無意識に胸元へ手を当てていた。

手のひらに心臓の鼓動が響く。その音が、いつもよりも数段速いことに気づいたのはまもなくのことだった。

六

翌朝目覚めると、部屋の空気を入れ換えるために窓を開けた。

俺の部屋は三階で、窓からの景色は、まず中庭の木々が目に映る。下を見おろすとちょっとした小川や散策路があり、高原の避暑地にでも来たような爽やかな雰囲気だ。木々の狭間からずっとむこうへ目をこらすと王宮の一翼が見える。

そちらのほうで、ちらちらと人影が見え隠れしていた。服装からして兵士や侍従だろうか、ひとりではなく複数で、忙しそうに駆けている。

なにか行事でもあるのかな。

眺めていると、リキャルドの部屋との連絡扉がノックされた。

瞬時に、昨夜の彼とのやりとりが思いだされた。

どんな顔をして会えばいいんだ。

でもまあ、冗談、冗談なんだよな……。

悩みつつ返事をすると、彼が入ってきた。

「おはよう」

「あ……おはよ……」

今日のリキャルドは瞳の色とおなじ青いブラウスに白いズボンをあわせていて、よく似合っていた。いつも以上に王子様っぽく見えて格好いい。なんだかよけいに言葉が出そうにない。

「いま起きたところか」

「そう」

「………」

沈黙が落ちる。

昨夜のことが念頭に引っかかっているのはリキャルドも同様らしく、会話が続かない。

「えっと……なにか用か」

「朝食をいっしょにどうかと思ってな」

朝食をいっしょにって言っても、一分もかからずに食べ終わる内容なんだろうけど……。

またもや沈黙。

なんでもいい、なにか話題を、と頭を巡らせ、とっさに窓の外を指さした。

「今日って、なにかあるのか。むこうに人がたくさんいるけど」

リキャルドが俺のとなりに来て、指さした方角を見る。

「ああ、あれは来客用の別館だ。隣国のダンドル国王が来たんだろう」

リキャルドもホッとしたように口が滑らかになる。

「砂漠化の会議があるという話をしただろう。あれが、明日開かれる」

だから他国の首脳たちが今日から入国してきているのだという。

「えっ。会議って、明日なのか？」

驚いてリキャルドを見あげた。

「そうだ。言っていなかったか」

「聞いてないぞ。俺も出席してくれって言ってたよな？　なにも準備できてないぞ」

俺も会議に出席することになっているのだ。

「かまわない。現状でのおまえの知識を話してくれたらいい。この国で適合するか否かは、私たちが判断する」

そうは言われても、緊張する。うまく喋れる自信が微塵《みじん》もない。

日本の船の設計図もまだできていない。この世界の海の状況も知らない。話をする相手は各国の偉いさんで、その人となりも知らないんだ。

会議が始まるまでに、なんでもいいから予備知識がほしいぞ。

「その隣国の……えっと」

「ダンドル国」

「そう、そこの王はどんな人なんだ」

「三十歳の、まだ若い王だ。女性問題にはかなり熱心な御仁で、我が国の造船についても協力を惜しまないという態度を表明している」

「そうか。できるだけ早急に、船の資料を見せてほしいんだけど。国の北部の地形、気候とか、風土の細かい資料もあると助かる」

「頼んでみよう」

リキャルドは請け負ってから、改めて俺の表情を窺ってきた。

「緊張しているのか」

「あたりまえだろう。俺は内気なんだ」

「うそをつけ」

遠慮なくものを言う俺しか知らないリキャルドは本気にしない。

「本当なんだ。あんたにはこうして喋れるけど……」

口ごもったら、リキャルドが思いだしたような顔をした。

「そういえば、侍従に無言で対応していたことがあったな」

そう言って、微笑した。

「なにかあったら私に言え」

青い瞳がいつもよりも優しい色をしていた。言い方も、やけに優しい。

「私がそばにいる。困ったことがあれば頼れ」

励ますように肩に手を置かれた。

それによって昨夜のことをふたたび思いだし、不覚にもどきりとしてしまった。

「あ……すまない」

身を固くした俺に気づいたリキャルドが手を離す。

「あ、ああ。とにかく、資料の件、よろしく」

妙にどぎまぎしていっしょの空間にいられなくなってきた。

リキャルドもそう感じたのか、はたまた俺の頼みをすぐにかなえる必要があると判断したのか、朝食をいっしょに食べることもせず、わかったと言って自室へ戻ってしまった。

それと入れ替わるようにして、もう一方の扉のほうから侍従がやってきた。

「カリヤ様、今日は是非《ぜひ》ともこちらへお召し替えください」

侍従が用意していたのはやはりドレスだ。懲りないな。

「いいですって。今日は他国の王様と会うかもしれないですし」

「だからこそでございます。各国の来賓の方々とご対面するのですから、正装をしてくださ い。デシデリア国は女性に女性らしい格好もさせないのかとか、女性用の服も用意できないのかと言われてしまいます」

「いや、ええと……明日は会議なんです。会議で議論を戦わせるかもしれない相手に、性を意識させたくないので……真剣に、冷静に話しあいたいんです」

「ふむ、たしかに……ドレス姿のカリヤ様を見たら、冷静な議論など難しいかもしれませんね……しかし……」

「あ！　でもたしか、女性を召喚したとは公表されてないんでしたよね？　だったらドレスはまずいですよ！」

思いだしてよかった。確認していないが、公表していないってことは、明日の俺は造船の専門家という立場で男として出席するのだろう。だったら男の服を着ないと。

残念そうな侍従を宥《なだ》め、どうにかドレスを逃れることができた。代わりに持ってきてもらったものは、フリルが多いが、ちゃんと男性用のブラウスとズボンのようだ。

着替えがすむと朝食が届き、それを食べている最中、べつの侍従が報告に来た。なんでも、隣国王が俺に面会したいのだとか。

「陛下とリキャルド様の承認は得ております。カリヤ様がよろしければ、このあと、リキャルド様と共に面会する手筈《てはず》を整えます」

俺に面会なんて、船のことで話したいのだろうか。俺に拒む理由などなく、了承すると、まもなくリキャルドが応接間にやってきた。先ほどとおなじブラウスの上にかっちりとした黒い上着を羽織っている。それから、装飾物が増えている。ブラウスに宝石のついたブローチと金色のチェーンをつけていたり、羽根の形をした腕輪をはめていたり。髪も整えていて、ますます王子様っぽくなっている。

俺の視線がそれらに注がれていることに気づいたリキャルドが、肩をすくめた。

「これが我が国の、第一王子の正装だ」

派手な装飾ではないが、だからこそ品があり、彼のイケメンぶりをよく引き立てている。

「ところでダンドル国王だが」

前置きをしてリキャルドが切りだした。

「女性を召喚したことは、まだ他国に発表していないのだが、彼はすでに情報を入手していた。おまえと面会したいというのは、そういうことだ」

そういうことって、つまり俺を女性と思っていて、「聖なる乙女」と会いたいってことか。

「気をつけろよ」

気をつけろと言われても。

戸惑いつつも、いちおう頷いておいた。

「面会はべつの場所でおこなう。行くぞ」

おなじ階に、公的な面会に使う応接間があるとかで、そちらへ移動することになった。

さほど遠くない場所にその部屋はあった。広い室内にはひとり用のソファが五つあり、一番奥のソファに俺がすわるよう指示された。そのとなりにリキャルドがすわる。

隣国王を待つあいだ、王子然としているリキャルドを横目で見て、ふと思った。

リキャルドは俺を綺麗《きれい》だとか言わないが、どうして彼だけは正常なんだろう。

「なあ。あんたはなんで正常なんだ」

「正常とは、どういう意味だ」

「俺の女装を見ても綺麗だとか言わないだろ。どう考えても、みんなの反応はおかしい。あんたの反応は正常だ。どうしてだろう」

「そんなことを聞かれても、知るか」

いつも通り素っ気ない返事のあと、ちいさな声で付け足された。

「だが、正常じゃなくなりつつあるかもしれんが……や、なんでもない」

よく聞こえず聞き直そうとしたが、リキャルドが慌てたように首をふり、早口に続ける。

「記憶にある唯一の女性の面影は母親のものだけだが、母は優しい顔をしていた。肖像画と変わらぬ、美しい人だった。それと比べたら、おまえはどこから見ても男だ。みんなは、女というだけで目がくらんでいるようだが。若ければ若いほど、女性の記憶はないだろうから、おまえが女だと言われたら、納得してしまうのかもしれん。一般の者は、肖像画を描かれる機会などないだろうが、私には、母の肖像画がある。二十五年を経ても記憶が色あせることはない」

そうか。写真なんてここにはないんだな。でも王妃の肖像画はあるってことか。

「あんた、二十七歳だったっけ」

リキャルドは二歳の頃に母親と死に別れているんだな。

リキャルドに限らず、ここの人たちは大事な人と死に別れているんだろうな。

女性が美化されるのも当然かもな。

しんみりして口を閉ざしてまもなく、隣国王がやってきた。

隣国王は黒髪、黒い瞳の偉丈夫だ。服装はやっぱり中世ヨーロッパ風、オスカルアンドレ的な雰囲気だが、この国のものよりもボタンが多いデザインだ。

彼は俺の目の前のソファまで来ると、俺をちらりと見、次いでリキャルドへ目を移した。

「リキャルド王子、聖なる乙女はどこにいらっしゃるんだ」

そりゃそうだよな、うん。俺が女に見えるわけないんだ。

「目の前にいますよ」

リキャルドに言われ、隣国王の黒い瞳が俺のほうへむいた。

彼は驚いたように目を見開き、それから頬を染め、即座に跪いた。

「これは……聖なる乙女。お目にかかれて光栄です。私はダンドル国国王、ゼナと申します」

ゼナは俺の手をとり、甲にくちづけた。

「噂《うわさ》通り、お美しいかただ」

いや、あんた、俺が「聖なる乙女」だということすら気づかなかっただろ。

白々しすぎるけど、それが逆に俺の緊張を和らげた。

「名をお伺いしてもよろしいか」

「……田上《たがみ》カリヤです」

ぼそぼそと答える俺の様子は、きっと不機嫌そうに見えているだろうが、内心はもちろん不機嫌ではない。俺にしてはずいぶんスムーズな出だしだと思う。

緊張はしているが、王の外見が黒髪に黒い瞳ということに親近感も覚え、がんばって笑顔を見せる勇気も出せた。

俺の笑顔は日本では怖がられていたが、ここでは女性フィルターがかかっているためか、怖がられていない。一抹の不安はあったが、ゼナ王も俺の笑顔を怖がったりしなかった。よかった。

俺、日本よりもこの国のほうがあってるのかな……。

面会はさほど長い時間ではなく、たぶん十分ぐらいで終了した。他愛のない社交辞令と、船についてさらっと会話をした程度で、そのほとんどはリキャルドが俺に代わって対応してくれた。

俺は「はい」と「いいえ」を言うぐらいだったと思う。

王が帰ったあと、リキャルドがなにか言いたそうな顔をしていたので「なんだよ」と尋ねたら、

「ずいぶん笑顔を見せていたな」

とぼそりと言われた。

「そうか？　喋りやすい人だったからかな」

リキャルドは俺の返事にますます不機嫌そうな顔をし、しかしそれ以上はなにも言わずに立ちあがった。


翌日は予定通り各国首脳との初会合がおこなわれた。

大陸の主な八カ国の王や代表が集うのは、歴史上まれに見る大イベントらしい。王宮内はもちろん大忙しで、城下町も盛大なお祭りムードらしい。係からそんな話を聞き、城下町に行ってみたいなあと思ったりもした。が、異国観光は自分の身辺が落ち着いてからだな。

会合で会った王たちは、ヨーロッパ風の外見の人だけでなく、アラブっぽい民族衣装と浅黒い肌を持つ人もいた。言葉は自国の言葉と大陸の共通語があるらしい。会議中はみんな共通語を話していたらしいが、俺の耳には全部日本語で翻訳されていた。他国の王を、自国語でこっそり罵《ののし》っていた王がいたが、俺には筒抜けだったりする。

俺の首尾はと言うと、あいさつ程度で終わった。

なにしろ俺はこっちの世界のことを把握していないし、王たちは門外漢だから、話にならなない。いくつか質問を受けて答えたけど、王たちはあまりピンときてなかった様子だ。今後、各国の専門家たちがこの国へ来てくれることになったので、俺のがんばりどころはそのときだろう。

もちろん俺の性別については、ゼナ王やリキャルドは黙っていたし、俺は男としてふるまったので、話題にものぼらなかった。

会議のあとは、一階の大広間で立食パーティなるものが催された。

やたらと豪奢《ごうしゃ》な広間で、重そうなシャンデリアはいくつもあるし、天井には馬を走らせる女性の絵が描かれている。

「天井の絵は我が国の有名な画家の手によるもので、女神が神話の白馬を走らせている姿だ」

口を開けて天井を見あげていたらリキャルドが説明してくれた。

「この広間には、後方の中二階にオーケストラボックスがあってな。かつて女性がいた頃には舞踏会などもしていたそうだ。要するに国や公賓のサロン、レセプション用の部屋だ」

「へえ」

部屋のことより、俺は立食パーティの内容が気になる。

これが日本だったら、さぞやうまい食事が出るのだろうと期待するところだが、この国のことだ。案の定、カロリーメイトもどきと、飲み物が用意されただけだった。

でも飲み物はいろんな種類があって、これは楽しめそうだった。酒も豊富で、ワインや日本酒に近いものもあった。

テラスに近い壁際のテーブルに、ボトルがずらりと並んでいる。なにから飲んでみようかと吟味していると、そばにいたリキャルドが言った。

「私は賓客をもてなす立場なので、おまえのそばにいられない。おまえはこのパーティに出席する必要もないし、もう部屋へ戻るといい」

「食事は」

「部屋で食べたらいいだろう」

食事は侍従に運んでもらえという。

そこに他国の王がリキャルドを呼びながらこちらへ歩いてきたので、リキャルドは俺から離れ、相手をさりげなく誘導して行ってしまった。

俺はリキャルドを見送ると、数十種類の飲み物が置かれたテーブルへ視線を戻した。口に合うものがあるか、部屋へ戻る前に試飲ぐらいはしたい。

ためしに一番端のグラスを手にしたとき、俺のとなりにスッと歩み寄ってきた男がいた。

ゼナ王だ。

「ダンドル産のサクランボ酒ですね」

俺が手にしたグラスを視線で示しながら言う。

「我が国の酒を選んでいただけるとは光栄。かなり強い酒ですが、だいじょうぶですか」

すぐに言葉が出ず、黙っていると、ゼナ王が首をかしげた。

「迷いながら選んでいる様子でしたので、もしかしたらご存じないかと」

「ええと……知りませんでした。教えていただきありがとうございます」

俺はがんばって笑顔を作り、それから酒を飲もうか迷って、グラスを置いた。

俺を女と思っている相手につかまるのはまずい気がする。

なので会釈をしてその場を立ち去ろうとしたのだが、その前に誘われてしまった。

「カリヤ、散歩につきあっていただけませんか」

返事に迷ってリキャルドの行方を捜すと、彼はほかの王と話をしていた。俺の視線に気づいたようだが、すぐに話を切りあげられないようで、助けに来てくれる様子はない。

どうしようかと迷っているうちにゼナの腕が俺の腰にまわされ、やや強引にテラスへ連れだされた。

外は夕暮れ時で、空はオレンジ色に染まっている。

「あなたは、いずれはリキャルド王子とご婚約なさるという噂を聞きました」

テラスから庭園へ出ると、ゼナがゆっくりと歩きながら切りだした。

「しかしそれは、ご自分の意思ではないとも」

よく知ってるなあ。この王宮の内部に情報提供者がいるんだろうか。

ゼナ王が歩みをとめず、俺を見おろしてくる。

「私も立候補してもいいでしょうか」

はい？

「……立候補って……婚約の？」

「そうです。いま私は、あなたに求婚しているつもりです」

昨日知りあったばかりの相手に求婚だと？　それもあいさつ程度の会話しかしてないのに。

俺は目を丸くして歩みをとめた。ゼナ王も足をとめる。

「えっと……なぜいきなりそんな話に……」

しどろもどろに尋ねると、ゼナ王がきっぱりと言い切った。

「それはあなたにひと目惚れをしたからです」

おいおい、うそをつくなよ。初対面のとき俺が女と思わなかったくせに。

俺がどんな人間かも知らないのに、女なら誰でもいいのかとつっこみたくなったが、この大陸の現状を思いだした。

そう、女なら誰でもいいのだろう。

ゼナ王は三十歳の若い王様だ。結婚の経験はないだろうし、子供もいないはずだ。もっとお互いのことを知りあってから、なんて悠長なことも言っていられないのだろう。

ゼナ王は俺の返事を待っていた。だがいつまで経《た》っても俺が黙って固まっていたので、彼は焦《じ》れたように尋ねてきた。

「立候補者は、ほかにいますか」

「いえ……」

「それでは、私のライバルはいまのところリキャルド王子だけかな」

「………」

「本意ではないのにリキャルド王子と婚約されたのは、なにか弱みでも握られているのでしょうか」

いや俺、男ですけど。と言ってもいいものか。

女と間違えて男を召喚したなんて、間抜けにもほどがある話だ。デシデリア国やリキャルドがばかにされたり、外交に影響するかもと思うと、下手なことは言えない気もする。

いちおうデシデリア国に世話になっている身としては、デシデリアに不利になる発言は控えたい。しかしこれ以上男に言い寄られたくもないし、などと考えると、どう答えていいものやら。

困っていると、脈ありだと思われたか、ゼナ王がさらに言い寄ってきた。

「カリヤ。我が国へ来ませんか。我が国の船も海も、あなたの望みのままに」

「……船は見たいと思いますが……」

とりあえずこの場は曖昧《あいまい》に濁して逃げたいが、どうしよう。

言葉につまって唇を舐《な》めたとき、ぐい、と後ろから肩を引っ張られた。

気がつけば俺はリキャルドに抱き寄せられていた。

「ゼナ王」

肩を抱かれている俺からは、リキャルドの表情は見えない。だがその声ははっとするほど低く鋭く、怒りがこもっていた。

「カリヤは私の婚約者です。ちょっかいをだすのはやめていただきたい」

リキャルドの非難に、ゼナ王は涼しい顔で答える。

「本人は嫌がっているという噂を聞いた。そして本人も否定しないが？」

「……。失礼」

リキャルドはそれ以上会話を続けようとせず、俺を連れて広間へ戻った。ゼナ王も引きとめようとしなかった。

「おい、リキャルド、どこへ」

リキャルドは広間に戻っても足をとめず、廊下へ出た。

「私の部屋だ」

「え……おもてなしは、しなくていいのか」

リキャルドは答えず、ずんずん進む。脚の長さが違いすぎるから、彼が大股で早歩きすると、俺は小走りになってしまう。

三階にある俺の部屋へ着いたときには、俺はゼイゼイ言いながら膝に手をついた。

リキャルドは部屋の扉を音を立てて閉めると、俺にむき直った。「いまのはなんだ」

完全に俺を責める口調なのだが、なにを問われているのかわからない。

「いまのって……?」

「きつく睨《にら》んだあとで、不意打ちの笑顔だ。ゼナ王にしていただろう。あれをやられたら、誰だってひとたまりもない」

えーと……。

「……意味がわからないんだけど……」

俺は呼吸を整えて顔をあげた。

リキャルドの顔を見ると、眉も目もつり上げ、口元はこわばらせ、本気で怒っている表情だ。

イケメンは怒った顔もイケメンだなあ、なんてのんきな感想を抱いてしまうのは、本当になにを怒られているのかわからないためだ。

きょとんとしている俺に、リキャルドはますます苛立《いらだ》った様子で舌打ちする。

「私との婚約を嫌がっていると言われて、なぜ、否定しなかった」

だって事実だし。それに外交上よけいなことを言わないほうがいいと思ったのだけれど、それを口にするのを躊躇《ちゅうちょ》した。リキャルドの怒りが尋常でなく、そしてなにを怒っているのかいまいちわからなかったから。

「まさかと思うが、私より、ゼナ王のほうがいいのか」

なに言ってんだ……？

嫉妬《しっと》に狂った男みたいなことを言ってるぞ。

戸惑って見あげていると、青い瞳から抑えきれない感情が溢《あふ》れだしてきた。

リキャルドが俺の肩をつかみ、引き寄せる。

あ、と思ったときには、唇が重なっていた。

「っ」

驚いてつっぱねようとしたが、背にまわされた腕に阻まれ、逆に強く抱きしめられた。

押しつけられる男の唇は燃えるように熱く、激情を俺に伝えてくる。

「……っ、……」

どうしてこんなことになったのか。

わけがわからず、とにかく顔を離そうとして後ろへのけぞったら、リキャルドの顔も追ってきて、そのままバランスを崩し、ふたりして転倒した。

「イテテ……」

床に転がったらさすがに唇も身体も解放されたが、俺の上にリキャルドが覆い被《かぶ》さる格好になっている。上から見おろしてくる青い瞳と視線がぶつかった。

熱く、真剣な瞳。その意味するところがわからず、俺は黙っていることに不安を覚えて口を開いた。

「な……に、するんだよ……」

「キスしたんだ」

リキャルドは悪びれず、恥ずかしげもなく堂々と答えた。

これは、ケンカを売られているのか？

そう認識したら頭にきて、俺もケンカ口調で返した。

「いったいなんの嫌がらせだと言ってるんだ」

「私は嫌がらせなどした覚えはない」

「嫌がらせじゃないならなんだって言うんだ。キスなんて、この国じゃ男同士でしないだろ。俺は男だってわかってるだろうが」

「こっちも聞きたい。男だというのに、どうしてゼナ王になびいた？」

「はあ？　いつ誰がなびいたっていうんだ。冗談じゃない」

「なびいたという表現が嫌なら、媚《こ》びたと言おうか、それとも色目を使ったと言おうか」

「気持ち悪いこと言うなよ。なんなんだよ。俺がなにしたって言うんだ」

「いま言っただろう。なにを聞いているんだ。ゼナのなにが気に入った。船に目がくらんだか。それとも聞き心地のよいことでも言われたか」

なぜそこまで言われなきゃならないんだ。頭に血がのぼりすぎて言い返す言葉が出てこない。代わりに睨みあげると、リキャルドのほうから目を背け、立ちあがった。そして無言で部屋から出ていった。

「なんなんだよ……」

本当に意味がわからない。

転んだ拍子に打ちつけた尻が、思いだしたようにいまごろ痛みだし、尻をさすりながら俺は立ちあがった。

ムカムカしながらも、彼の怒りの理由を考えてみたが、いまいちよくわからない。

ゼナ王とのことで、なにか誤解したのだろうとは思うけど……。

キス、されたんだよなあ……。

強引に押しつけられた唇の感触が、まだ残っている。唇に指で触れてみたらじんじんと痺《しび》れる皮膚の感触が全身に伝播し、心臓までもがじんじんと痺れて熱くなるようだった。


どうしてリキャルドはあんなことをしたんだろう。

嫌がらせじゃないと言っていた。

男がキスする場合など、ふつうに考えたらひとつしかない。キスは好きな相手にするものだ。

リキャルドの怒り方は、嫉妬に狂う男のようだったし……まさか……リキャルド、本当に嫉妬して……？


とそこまで考えて、慌てて首をふった。

「まままさか！　んなわけないだろ！」

声にだして否定したのは、胸に湧《わ》きあがった動揺を抑えるためだ。「あいつは、男に興味がないし、俺が男とわかっているはずだし」

そう、そのはずだ。嫉妬なんて、あるはずない。

でも……だったら、あのキスはどういう意味なんだろう。

キスされたことが気になって眠ることもできない。

けっきょくほとんど眠れぬまま夜が明けた。

一晩考えても、リキャルドがキスした理由がわからなかった。

だけど気づいたことがある。

俺、男にキスされたのに、気持ち悪がってない。

一晩中、リキャルドの気持ちを知りたいと、そればかり考えていた。

もしキスしてきたのがほかの男だったら、理由を考えるよりもまず、口を洗うだろう。きっと不快に思う。そして、なんて気色悪いまねをしてくれたんだと相手を怒りたい気持ちでいっぱいになるだろう。

でも、リキャルドへの怒りはないんだ。

突然のキスに驚いているだけで、ひどいことをされたと思っていない。俺にとってはファーストキスなのだ。そのことだけでも怒ってもいいと思うんだけど……。

「なんで……」

自分でも自分の気持ちがよくわからなかった。

侍従が朝食を持ってきたので、寝不足で身体がだるいが、起床した。

体調が悪そうだと心配されたが、俺がだいじょうぶだと言ったら、侍従はそれ以上言ってこなかった。それから退室間際、リキャルドからの伝言を伝えられた。

「リキャルド様から言づてです。用事があるので今日は先に出かけると。カリヤ様は昨日とおなじ時間に出席するようにとのことでした」

会議二日目で、リキャルドも多忙なのだろうか。

それとも俺を避けたのだろうか。

どんな顔をしてリキャルドと会おうかと思っていたから、ホッとしたような拍子抜けしたような。

身支度をし、言われた時間に広間へ行くと、他国の首脳と立ち話をしているリキャルドの姿があった。

昨日と同様にきちんと髪を結い、黒い上着を着こなしている。

こうしてみると、やっぱり格好いいんだよなとぼんやりと見とれている自分がいて、焦った。

そして昨夜のキスの感触まで思いだしてしまい、ますます焦って脇の下に汗が滲《にじ》む。

いや、べつに、焦ることじゃないだろ。

男が男を格好いいと思ったって変なことじゃない。

そう肯定してみるが気持ちが落ち着かず、彼の姿を見ることは、まるでいけないことでもしているような気分になる。

冷静になろうと視線をもぎ離すように横をむいたら、そこにゼナがいて、目があうところにやってきた。

「カリヤ――」

リキャルドに聞こえそうな音量で名を呼ばれ、俺は息を呑《の》んだ。

昨日の二の舞はごめんだ。用件を言われる前に、俺は早口で言った。

「あ、あの。昨日のお話は聞かなかったことにさせてくださいっ」

「それは――」

「失礼しますっ」

ゼナ王が二の句を継ぐ前に俺は逃げた。

広間から出てしばらく廊下を走ったが、ゼナ王が追ってくる気配はなかった。

しばらく時間を潰《つぶ》し、遅刻して会議に出席する。

俺の席から離れた席にいるゼナ王の視線を感じたが、気づいていないふりをしてリキャルドの陰に隠れるようにしてすわった。

今日の議事は、新大陸を発見したあとのあれこれをいまのうちに取り決めておこうということで、俺の出番はなかった。はじめのうちはとなりのリキャルドの存在が気になっていたのだが、会議中は彼が俺に話しかけてくることもないし、そのうち緊張も緩み、途中からうたた寝してしまった。

リキャルドに身体を揺さぶられて目を覚ますと、会議が終わり、みんな立ちあがっているところだった。

俺の顔を見て、リキャルドが顔をしかめる。

「おい、よだれが出ているぞ」

うお、恥ずかしい。

よだれを拭いて俺も立ちあがる。

リキャルドと共に広間を出て、部屋へ戻る。

頭の中はキスのことが占めていて、無難な話題が思い浮かばない。そもそも白々しく無難な話をふるのもどうかと思ったりもしたが、無言が続くのも気まずく、俺から口を開いた。

「なあ。明日も出席する必要はあるのか」

会議は三日間、明日もあると聞いていた。

「いや、明日も今日の続きになるだろうから、おまえはこなくていいだろう」

「そうか。今日はもう、なにもないんだよな」

「ああ」

「じゃあ……」

リキャルドの部屋の前で別れようとしたが、腕をつかまれた。

「すこし、部屋に行っていいか」

「え……」

昨夜の件が頭をよぎり、すぐに頷けなかった俺だが、リキャルドは俺の腕をつかんだまま、強引に部屋へ入った。

部屋へ入ると、リキャルドは俺の腕を離し、謝罪した。

「昨日はすまなかった」

そう言って二歩下がり、頭を下げる。

謝罪の際に頭を下げるのは日本といっしょだ。

「急にあんなことをして。どうか許してほしい」

偉そうな態度ばかり見ていたし、昨日の怒り具合から思うと、こんなふうに素直に謝られるのは予想外だ。しかも、キスのことを前振りなく持ちだされ、俺は動揺してしまった。

謝られると思っていなかったから、当然返事も用意していない。

「いや、まあ……気にするなよ。驚いたけど、そんなに嫌じゃなかったし」

そんなに深刻に謝罪してもらわなくても、こっちはそれほど気にしていない、という旨をとりあえず伝えようと思ったのだけれど、どうしてか、よけいなひと言を言ってしまった。『気にしていない』と『嫌じゃない』ではだいぶニュアンスが違くないか俺⁉

「嫌じゃない……って……」

リキャルドが驚いたように頭をあげた。

「え、あ、いや、そのっ」

男の足が、離れていた二歩の距離を縮めた。

動揺する俺の瞳を、青い瞳が探るように見つめてくる。

「私にキスされても嫌じゃなかったのか」

肩をつかまれる。リキャルドの真剣すぎる面持ちに、得体の知れない不安に襲われて身がすくんだ。

「お、驚いて、その」

「では、いまからもういちどする」

低い声で告げられた内容に、俺は面食らった。

「へっ」

「今度は不意打ちじゃない。それでも嫌じゃないか、確認だ」

肩を引き寄せられ、リキャルドの顔が近づく。

一瞬身を引きかけたが、肩をつかむ男の手がそれを許してくれない。そして俺自身、身を引くことを踏みとどまった。またキスされたらどうなるのか、知りたい気持ちが不安を凌《りょう》駕《が》したのだ。

「……っ」

唇が重なる。

リキャルドの形のいい唇がそっと、そして熱っぽく押しつけられ、心臓がドクンと大きく鼓動した。

唇はすぐに離れそうになったが、角度を変えて再び重ねられた。

リキャルドも緊張しているのだろうか。ついばむような軽いキスが三回続いたあと、俺の様子を窺うようなちいさな間があいた。そして俺が嫌がっていないのを知ると、深いキスに変わった。

「ん……っ」

唇を割り、彼の舌が俺の口の中に侵入してくる。うわっ、と驚いた次の瞬間には俺の舌に絡んできて、腰が甘く痺れた。

うわ……どうしよう。キスって気持ちいい……。

男にキスされているのに気持ちがいいだなんて、どうかしていると思う。それなのに、戸惑う気持ちとは裏腹に身体は勝手に熱くなり、心臓は爆発しそうなほど興奮している。

リキャルドも俺もキスの経験なんてない。だから上手《うま》い下手で言ったら下手なキスなのかもしれない。でもキスの巧みさと気持ちよさなんて関係がないんだと知った。だって、気持ちよくて身体が蕩《とろ》けそうだ。頭はぼうっとしていて、なんだかわからなくなってくる。

身体の力が抜けてきて、彼に保たれるように身を寄せたら、背中に腕をまわされてしっかりと抱かれ、さらに濃厚に口づけられた。

「……っ、ぁん……」

呑み込みきれなかった唾液が口の端から零《こぼ》れ、喘《あえ》ぐような息遣いをしてしまう。

その声を聞いたリキャルドはさらに興奮したようにのどを鳴らし、そして背中にまわしていた手を下のほうへ移動してきた。

男の大きな手が俺の尻をさわる。

うわ、ちょっと待て、と言いたいが、口を塞《ふさ》がれているので叶わない。

その手はゆっくりと動き、腰から尻のあいだをいやらしく撫《な》ではじめた。

「ぁ……っ、や……っ」

喘ぎ声だか拒否なのか判別がつかないような声を漏らすと、男の手がとまった。

「嫌か？　だが、おまえの身体はこんなだが」

彼の手が俺の前へまわってきて、ズボンの上から中心にふれた。

そこがすでに硬く兆していることを、指摘されてはじめて気づいた。

羞恥で顔が熱くなる。すでに熱かった身体がそれによってさらに体温をあげ、興奮が増した。

リキャルドの手が俺の中心をそっとさすりはじめる。それを拒むことはできなかった。

催淫剤を盛られているわけでもない。キスされただけでこんな状態になるだなんて、信じられなかった。

催淫剤のせいで、ここへ来てから俺は盛ってばかりだったけど、本来の俺は淡泊なほうなのだ。そのはずなのに。

「あ……っ」

リキャルドの手が俺のズボンの中に入ってきて、じかに中心を握ってきた。

快感が倍増し、腰が熱く痺れだした。理性が崩れかかる。

「カリヤ……」

リキャルドの唇がキスを終え、俺の耳にささやく。その声音はこれまで聞いたことがないほど色っぽくかすれていて、胸が甘くわななないた。

どうしよう。

熱くてたまらない。気持ちよくて、たまらない。

俺はおかしい。あんなに、男同士でエッチなんかするもんかと思っていたのに、いまは……リキャルドなら、流されてもかまわないかもと思いはじめている。

身体は内心の混乱を無視して、与えられる快楽に溺《おぼ》れようとしている。熱が高まり、欲望

が膨らむ。

「……だめ、だ……っ」

耐えきれなくなってきて、なけなしの理性で拒否の言葉を口にする。しかし男の手はやめてくれない。

「だめじゃないだろう……。なんども自慰を見せあった仲だ。我慢する必要はない」

それを言われると、たしかにそうかもと思えてしまった。

そのかすような言葉に身を委《ゆだ》ね、冷静に考える余裕もなくなる。

もう、達してしまう。委ねてしまってもいいか……。

そう思った刹那《せつな》、扉をノックする音が響いた。

互いにぎくりとし、息をとめる。

「カリヤ様、お戻りでしょうか」

侍従の声だ。

「あ、ああ。なにか」

「食事のご用意についてお伺いしたく、参ったのですが」

俺たちはぎくしゃくと身体を離した。

俺が急いで服を整えて侍従を部屋に入れると、リキャルドはなにか言いたそうにしながらも出ていった。

七

その後、俺は例のごとく悶々《もんもん》として夜を明かした。

けっきょく、リキャルドの気持ちを尋ねることができなかったな……。

なんであんなまね……。

と、もやもやしながら居間で朝食を食べていると、扉がノックされた。

侍従だろうと思って「どうぞ」と対応すると、入ってきたのは見知らぬ男だった。

三十代ぐらいで、身なりからしてこの国の者ではなさそうだ。

そういえば、ゼナ王の付き人たちがこんな格好をしていたような気がする。

「カリヤ様。わたくしはダンドル国ゼナ王の侍従でございます」

やっぱりそうだった。

用件は、ゼナ王が俺と面会したいらしい。

「造船の件で、確認したいことがあるそうです。我が国の船の設計図を取り寄せまして、先ほど届いたのでさっそくご高覧いただきたいと」

ゼナ王のことは警戒するように言われていたけど、そういうことなら会うべきだろう。

「わかりました。えっと、何時頃に……」

「いますぐ、いらしていただきたいとのことです。ご案内いたします」

「あ……はい……」

こちらとしては、以前使った面会室でリキャルドと共に会うつもりだったのだが、どうやらゼナ王の部屋で面会するつもりのようだ。

相手はこの俺に求婚するような人だ。だいじょうぶかな、と若干躊躇したが、まあ、もしまた迫られたら、きっぱりと断ればいい。

そう判断し、俺は従者のあとに続いた。

従者は一階へおりると建物から出て中庭を進んだ。建物の中を通っていくより、中庭を通ったほうが賓客用の別館に近い。そういうことかと思ったが、従者は別館とは違う方角へ進んでいく。

「あの……」

俺は遠慮して黙ってついていったが、どこに連れていかれるのかとさすがに不安になってきた。

声をかけたとき、従者が前方を指さした。

「あちらでございます」

そこには水車のついた小屋があった。日本風に言えば東屋《あずまや》みたいなものだろうか。東屋の横には人工の小川が流れており、小屋のむこうには大きな池がある。

「池がございますでしょう。水辺のほうが説明しやすいとのことです」

「はあ……」

いまいち納得しかねたが、ここでは嫌だという理由もない。従者に続いて東屋まで歩いていった。

早朝であり、また、王宮の建物から離れていることもあり、辺りに人の気配はなく、やけに静かだ。

ゼナ王はまだ来ていない。

「ただいま陛下が参りますので、中でお待ちください」

「……はあ」

小屋とはいえ他国の王宮内の建物なのに、従者は自国のようにふるまう。使用許可をとっているのだろうかと思いつつ、言われるがままに薄暗い小屋の中へ足を踏み入れた。とたん、背後で扉が音を立てて閉まった。

ふりむくと、従者はいない。しかも扉の外側で鍵をかけるような金属音がする。

「あ、あのっ？」

驚いて扉のノブに手をかけるが、開かない。

「あの、従者さん？　どうしたんですか」

「どうぞそのままお待ちください」

扉のむこうから静かな声が届き、足音が遠のいていく。

まさか、閉じ込められたのか？

薄暗い小屋の中を見まわしたが、出入り口はひとつのみ。ちいさな窓がふたつあり、駆け寄って手をかけてみたが、どちらも開かなかった。

「なんで……」

どうやら本当に閉じ込められたらしい。

俺をこんなところに閉じ込めて、ゼナ王はどうする気なんだ。

いや、そもそもゼナ王の差し金なのだろうか。

あの従者はゼナ王の従者だと名乗ったが、確かめたわけではないのだ。

いったい誰が、なんの目的でこんなまねをしたのか。

わけがわからず、薄暗い小屋に閉じ込められて不安が急速に膨れあがる。

「ん？」

ふと、きな臭い香りが鼻をかすめた気がした。木がはぜるような音も聞こえたような……

と思っていたら、室内に煙が充満してきた。

「……うそだろ」

火事だ。

小屋が燃えているのか、それとも外のなにかが燃えていて、煙が侵入しているのか、と考えているまもなく室内が暑くなり、濃い煙でめまいがしてきた。

このめまいはきっと一酸化炭素中毒症状だ、と冷静に分析している場合じゃない。このまじゃ俺、死ぬんじゃないか⁉

「ちょ……誰か……っ」

助けを呼びたいのに、煙で声が出ない。しかし大声を出せたとしても、助けが来るとも思えなかった。

この小屋があるのは王宮の庭園内のはずだが、建物からかなり離れた場所にある。火の手が大きくなってからでないと、誰も気づかないかもしれない。その頃には、遅い。

「冗談じゃ……」

冗談ではないと思う。しかし室内に消火できるような水はなく、扉をたたき壊せるほどの力もない。なすすべもなく、俺は咳《せ》き込みながらその場に倒れ込んだ。

意識がもうろうとしてくる。

助けてくれ。誰か——。

「リキャルド……」

薄れかけた意識の中、リキャルドの端整な面影が思い浮かぶ。

出会ってから昨日までの彼とのことが走馬燈のように次々と思いだされた。

もういちど会いたかったな……。

ぼんやりと思ったとき、かすかにリキャルドの声が聞こえた気がした。

幻聴か。死ぬ間際だからだな。そう思ったのだけど、もういちど、今度ははっきりと聞こえた。

「カリヤ！」

続いて、小屋の外で大きな物音が聞こえてきた。

「カリヤ！　ここにいるのか⁉　いたら返事をしろ！」

本物のリキャルドだろうか。助けに来てくれたのだろうか。

「……っ……」

返事をしたいが、声が出ない。やがてひときわ大きな音がし、扉のほうから光が差し込んできた。

そちらへ目をむけると、扉を壊したリキャルドが小屋の中に飛び込んでくるところだった。

「カリヤ！」

リキャルドが俺を見つけて大きく踏みだした。直後、俺の頭上でみしりと天井が軋《きし》む音がした。

「あぶな――！」

リキャルドが俺めがけてダイブするのと、梁《はり》が落ちてくるのが同時だった。耳をつんざくような大きな音。

意識がもうろうとしている俺には、なにが起こったのかわからなかった。気づいたときには俺の身体はリキャルドの大きな身体にすっぽり覆われていた。

「リ……」

かすれた声で名を呼ぶが、リキャルドの反応がない。

「リキャルド様――大変だ、リキャルド様が――」

やがて複数の男たちの声が聞こえてきて、小屋のまわりが騒然としていることに気がついた。

リキャルドの腕と床とのわずかな隙間から周囲が覗き見える。

天井に穴が開いたようで、だいぶ明るくなっていた。床に足音が響き、俺たちを取り囲む。男たちがかけ声をして俺たちの上からなにかをどかした。床に置かれたものは、黒くすすけた長い棒だ。いかにも重量がありそうで、天井の梁かもしれない。次いでリキャルドが担架に乗せられた。

火も消しとめたようで、その頃には煙も霧散し、俺の意識も回復してきていた。でも身体が思うようにはならず、担架に乗せられ、自室まで運ばれた。

ベッドに横になってひと眠りすると、午後にはすっかり回復していた。

ベッドのそばには見慣れた侍従が控えていた。

「あの……リキャルドは？」

尋ねると、彼は顔を曇らせた。

「お部屋でお休みになっておられます」

「具合は、どうなんですか」

「命に別状はないそうです」

「それって……」

かなり重症ということなんだろうか。

「詳しいことは私も聞いておりませんが、複数の骨折と打撲、広範囲の火傷《やけど》だとか」

「そんな……」

心配になり、いても立ってもいられず、寝室と繋がる扉から、リキャルドの部屋をこっそり覗いた。

そこは彼の寝室で、ベッドに寝るリキャルド以外、医師も侍従もいなかった。

恐る恐る中へ入っていき、ベッドのそばへ行く。

そっと窺うと、リキャルドは静かに眠っていた。息遣いは単調で、苦しそうな様子はない。顔に傷もなく、ひとまず安堵した俺は枕元にあった椅子に腰掛けた。

リキャルドは俺を庇《かば》って、小屋の天井から落ちてきた梁を背中で受けとめたはずだ。だいじょうぶなんだろうか。

じっと見ていると、彼のまぶたがぴくりと動き、それからゆっくりと開いた。青い瞳がわずかに宙をさまよい、それから俺に気づいた。

「カリヤ……無事か。ケガは」

真剣な面持ちで問いかける。

どう考えても大ケガをしているのはリキャルドのほうなのに、第一声がそれかと思うと、胸が疼《うず》いた。

「だいじょうぶ。擦り傷ひとつない」

俺の返事を聞くと、彼は安堵したように息をつき、青い瞳を優しく和ませた。

「そうか。よかった……」

「あんたはどうなんだ。具合は」

「私はなんともない」

そう言いながら、リキャルドは身を起こそうともしない。きっと、起こさないのではなく、できないのだ。

「ごめん。ケガをさせて」

「謝罪はいい。それより、なぜ、あんなところに行ったのか、理由を聞かせてくれ」

俺はゼナ王から呼び出された一件を話して聞かせた。

「なるほど。その従者に見覚えはないんだな。ならば、かの国の従者を装ったべつの国の者という可能性もある」

リキャルドも俺とおなじ推理をし、考えるように目を閉じた。

「この件については調べさせよう。ともかくおまえは、慎重に行動してくれ。不審な誘いは、かならず私に確認してくれ。おまえひとりで判断しないでくれ」

半人前扱いのような、信頼されていない言い方だ。でもこんなケガを負わせたあとでは文句も言えない。

命令形ではなく、『～してくれ』と依頼する形で喋ってくれている辺り、リキャルドも配慮してくれているのかなと思ってみたりもするが。ちょっと不満顔をしていたら、静かな声で付け足された。

「心配なんだ」

青い瞳にまっすぐに見つめられ、どきりとした。

そんなふうに見つめられては、うん、とおとなしく頷くことしかできない。

「そういえば、どうしてあんた、俺の居場所がわかったんだ」

「窓から、歩いていくおまえの姿がちらりと見えた。見間違えかとも思ったんだが、おまえの侍従も、おまえの行方を知らないと言うから、気になって後を追ったんだ」

リキャルドが駆けつけたときには従者の姿はなく、小屋に火がまわっていたのだという。

そうだったのか。リキャルドに見つけてもらえてよかった。でなければ、いまごろ俺は生きていなかった。

リキャルドと再会できてよかった。

俺、死ぬかもと思ったとき、無性にリキャルドに会いたかったな……。ただそれだけを考えてた……。

見つめあったまま静かな時間が流れた。

「本当に……無事でよかった」

リキャルドが吐息混じりにしみじみと言い、緩慢な仕草で片手を俺のほうへ伸ばしてきた。なにかとるつもりだろうか、動きが鈍いのは痛みがあるせいかと心配しながら見ていたら、その手が俺の膝に触れた。

とたんに触れた部分が熱くなった気がした。

昨夜の出来事を思いだし、緊張して身体が硬くなる。

リキャルドのほうは疲労のせいか、すこし眠そうな顔をしている。もう休ませてあげるべきなんだろうが、この状態で黙っているのは無理だ。俺は口ごもりながら切りだした。

「な、なあ。なんで……あんなまねをしたんだ」

「あんなまねとは」

「昨日の……と一昨日《おととい》の……キスしたこと、だよ」

ああ、とリキャルドはひと息つき、静かに答えた。

「一昨日は、衝動的にしてしまった。昨日のは、おまえが嫌じゃないと言うから、おまえの気持ちを確認しようと思って、したんだ」

それは知ってる。そうじゃなく、俺への気持ちを知りたいんだ。

俺はもう一歩踏み込んで訊《き》いた。

「あんたは……俺のことをどう思ってるんだ。俺は男だとわかっているはずだよな」

「ああ。知ってる」

「だったら、なんで」

リキャルドはいったん口を閉ざし、天井へ目をむけた。

「私の夢の話だが」

そう呟き、静かに話しだす。

「新大陸を発見することが私の夢だった。だが誰しも、見つけられるはずがないと否定的だった。新大陸を探すよりも召喚しようという意見が多数で。そんなときだったんだ。おまえとの出会いは」

青い瞳が俺のほうをむく。

「夢は諦めなければ叶うと言ってくれただろう」

監禁されていたとき、たしかに俺はそんなことを言ったと思いだした。

あれが心に響いたんだ、とリキャルドが呟くように言う。

「私も、私が生きているあいだに新大陸を発見することは無理かもしれないと弱気になっていたときだった。だからおまえの言葉を聞いて、勇気づけられたんだ」

あのときは皮肉な口調だったのに、ちゃんと心に届いていたのか。

俺を見つめる青い瞳に熱が灯《とも》る。

「そばにいてほしいと思う。ずっと」

静かな声。それと反比例するように、俺を見つめるまなざしは熱い。

「いっしょに新大陸を探してほしい。そしてそのあとも、ずっと……」

まっすぐな男の気持ちを表すように、その瞳はまっすぐに俺を射貫く。俺への想いがそのまなざしから溢れだし、俺の心をからめとろうとする。

思いがけない情熱にふれ、俺は言葉が出なかった。

そんな俺の様子を見ると、リキャルドが息をついた。

「男の私にこんなことを言われても、困るだろうと思う。私自身、自分の気持ちに戸惑っている」

「…………」

リキャルドはそう言って甘く笑うと、再び眠りについた。

イケメンが見せる甘い笑顔の破壊力といったら。いやいやそれより、いま考えるべきは告げられた言葉の内容だ。

これって、告白だよな？　そう受けとっていい内容だよな……？

どうしよう。俺、男のリキャルドに告白されても、嫌じゃない。

それどころか……。

俺、俺、俺もリキャルドのこと……。

くそ。

俺は気づいてしまった。

好きだ。俺、リキャルドのことが好きなんだ。

この俺が男を好きだなんて、信じられないし信じたくもないけれど、俺の心が俺自身に告げている。リキャルドが好きだ！　って。

「ずるいぞ、リキャルド」

元々気になっていたところを、命がけで助けられたりしたら、好きにならないわけがないじゃないか。

俺は落ち着かない心臓と熱い頬をもてあまし、その場にしばらくすわり続けていた。

翌朝、ゼナ王が俺の部屋までやってきた。

「お見舞いと釈明をさせてほしい」

と、扉のむこうで来意を告げられた。

慎重に行動してくれとリキャルドに言われたばかりだし、ひとりで面会するのはためらわれたが、よりによってリキャルドは入眠中。侍従も不在だ。一国の王が扉の前まで来ているのに、面会拒否する度胸もなく、俺は部屋に招き入れた。

ゼナ王はワインボトルやグラスを入れたかごを抱えていた。

「その後、体調はいかがですか。これは見舞いの品です」

ゼナ王はかごをテーブルに置くと、俺に近づき、手を伸ばしてきた。それを避けるように俺が退くと、彼は傷ついたような顔をした。

「私も我が国も無実だと言うことを、信じていただけていないのでしょうか」

じつは昨日の午後、俺はこの国の警察と共に、ゼナ王と従者全員と面会していた。で、俺を案内した男はその中にはいなかったことは、すでに確認していた。

でもだからといって、ゼナ王の無実が証明されたわけではない。

「私はあなたに求婚している身です。それなのにどうしてあなたを殺《あや》めようと企てるでしょうか」

それを言われると、そうだよなあとも思う。

火事の直後は、リキャルドのケガのことで頭がいっぱいだったが、落ち着いて考えてみると、俺、殺されかけたんだよな。

どこの誰が、なんの目的で俺を殺そうとしたのか、さっぱりわからない。

俺を殺していったいなんのメリットがあるんだ。

誰かに恨まれた覚えもないし。

「その、ゼナ王のことを信じていないわけではありませんが、俺——私にはわからないことが多すぎて」

「私はこのあと、帰国いたします。しかしあなたに不審に思われたまま帰国するわけには参りません。どうしたら信じてもらえるのでしょうか」

そう言われてもなあ。犯人が見つかるまでは無理じゃないかな。

「このことが契機となり、両国の信頼関係に亀裂が入っては問題です。せめて、形だけでも和解したということにはできないでしょうか」

「と言いますと」

「酒を酌み交わすことが、我が国での和解の証《あかし》です。ですのでいまここで、私と共にこの酒を飲んでいただきたい」

ゼナ王がボトルからワインとおぼしき酒をふたつのグラスに注いだ。

「どうぞ」

グラスのひとつを差しだされたが、俺は手をだせなかった。だって、あやしすぎるだろ。

「私も飲みますから、毒の心配はありません」

ゼナ王はそう言って、俺に差しだしていたグラスを自分の口に持っていき、飲み干してみせた。

「さあ」

ゼナ王が、もうひとつのグラスを俺に差しだしてくる。

うーん。

まあ、いいか……？

毒は入ってなさそうだし、たしかにゼナ王が俺を殺そうとするはずもないしな……。

慎重に行動しろと言っていたリキャルドの顔が脳裏に浮かんだが、ここは柔軟に対応したほうがいいと判断し、俺は迷いながらもグラスを受けとり、ひとくち飲んだ。

うん。おいしいワインだ。

おいしさにつられ、俺はグラスすべてを飲み干した。

すると、とたんに頭がクラッとした。

「……え？」

特別強い酒だった感じでもない。なのに、めまいがし、足もとがおぼつかなくなった。

いや、ものすごく強い酒だったとしても、この酔い方はおかしくないか？

不安になってゼナ王を見あげると、彼は微笑を浮かべて俺を見つめていた。

「ゆっくりお休みなさい」

「……え……なに、これ……」

膝に力が入らない。ふらつくと、ゼナ王に支えられた。彼の腕を払いのける力も残っていなかった。

「だいじょうぶですよ。毒ではありません。ちょっと眠くなる薬をグラスにつけただけです」

「……な……」

「私がだいじょうぶなのがふしぎそうな顔ですね。私はこの薬に耐性がついているので、ね」

ど、ど、どうするつもりだ！

そう言いたいのに、俺の意識は急速に遠のいていった。


ガタガタと鳴る音と振動で目が覚めた。

辺りを見まわすと、狭くて硬い座席に俺はすわらされており、となりには俺を支えるようにゼナ王がすわっていた。

どうやら馬車の中のようだ。俺たちふたりのほかに人はいない。

「目が覚めましたか」

ゼナ王が俺を見おろす。

俺は息を大きく吸い込んだところで、自分が猿ぐつわをされていることに気づいた。手足も縛られていて、身動きできない。

「いま、我が王宮にむかっております。こんな形であなたを連れ去るまねはしたくなかったのですが、しかたがありませんね」

まさかと思うが、俺は拉致されたらしい。なんてこった。あれほどリキャルドに警戒しろと言われてたのに。

しかし、これってやっぱり俺を女と思ってのことなんだよな……？

おい、バカなまねはやめておけ。俺は男なんだ。俺を誘拐して后《きさき》にしようとしたって、無意味だぞ。いまならまだ間にあう。男を女と勘違いして誘拐したなんて知れたら恥だぞ。そう教えてやりたいのに、猿ぐつわのせいで言葉にならない。

「んーっ！」

声をだしても、ゼナ王は笑っていて、猿ぐつわを解こうとしない。

「心配しなくても、ひどいことはしません。今夜の宿に着くまで、もうすこしこのままで辛抱してください」

俺が意識を失ったのは朝だったはずだが、車窓を見ると夕暮れ時だった。

やがて馬車が大きな門をくぐり、停車した。

「今日はこちらへ泊まりますが、部屋に着くまでは、あなたは隠れていてほしいのです」

馬車の扉が開き、数人の男が俺をおろした。そして俺は全身がすっぽり入る布袋に入れられてしまった。そのうえ、大きな箱のような中に入れられ、荷物扱いで宿に運ばれた。

どうしよう。なんでこんなことに。

これからどうなるのか、怖くて泣きたい。

突然のことに頭がついていかない。しかも手足の自由を奪われ、視界も制限され、不安でしかたがない。

リキャルドはいまごろ心配しているだろうか。

リキャルド。

そう。リキャルドの元へ戻らないと。

やがて箱の揺れがとまり、床におろされたのを感じた。そして箱の蓋《ふた》が開き、袋から出される。

周囲を見まわすと、豪勢な客室の一室といった感じの広い部屋にいた。俺のほかにはゼナ王。それから、俺が入れられていた袋を畳んでいる男がひとり。その男の顔には見覚えがあった。

昨日、ゼナ王の従者を騙《かた》って俺を連れだした男だ。

騙りじゃなく、本当にゼナ王の従者だったんじゃないか。

「もうはずしてやってもいいかな」

ゼナ王が言い、男が俺の猿ぐつわをはずした。

「なんで……」

驚きすぎて意味をなす言葉が出てこない。しかし俺の言いたいことはゼナ王に伝わったらしい。

「この男の顔を覚えていたようですね。そう、火事はね、私の指示なんです」

「あなたが……俺を、殺そうと……？」

震える声で尋ねると、ゼナ王は首をふった。

「怖い思いをさせてしまって、本当に申し訳なく思っています。あなたが焼死したとリキャルド王子に思わせ、あなたのことを諦めてほしかったのですよ。ですから本当に殺めるつもりはなかったのです。火がまわってから救出するつもりでした」

でもリキャルドが救出に来て失敗してしまったので、強引かつ単純な誘拐に切り替えたということらしい。

「ああ、腕に縄の痕《あと》が。すり切れて血が滲んでしまっている。か弱い女性にこんなまねをして、すみません。しかしこれもあなたを愛するがゆえ。どうか許していただきたい」

許せるわけないだろ！

そう言いたいのをぐっと堪《こら》え、俺は泣きそうな顔を作ってみせた。

「……痛いです。腕と足の縄、解いてもらえないですか」

できるだけ弱々しく言ってやったら、ゼナ王がこちらが驚くほど狼狽《ろうばい》した。

「そうですね。解かないと、あなたも休めない」

女を知らないゼナ王は、女性とはよっぽどか弱い生き物だと思っているのか、俺の言葉を信じ、あっさり縄を解いた。

「ジュラ。休む支度を」

「かしこまりました」

従者が退室し、俺とゼナ王のふたりきりとなる。いまだ。

俺は渾身《こんしん》の力でゼナ王を突き飛ばし、出入り口へむかって駆けだした。

「待て！」

廊下に出て全速力で走るが、すぐさまゼナ王が追いかけてくる。

俺は体力には自信がある。足も遅くない。だが悲しいかな、この大陸の人種よりも脚が短いのだ。あっというまに捕まりそうになった。

でも脚が短いのも、すばしこく動きまわれるという長所もあるのだ。フェイントをかけて、目についた廊下の角を曲がる。

「カリヤを捕まえろ！　手荒なまねはするな！」

ゼナ王の従者たちも廊下に出てきて、追っ手に加わった。

夢中で走っているうちに広いホールに出た。その先にある大きな扉は開いており、外が見える。外へ出れば逃げ切れるか。

しかしあとすこしというところで行く手も塞がれ、ゼナ王に捕まってしまった。

ああ、くそ。トイレに行くとか適当なことを言って時間稼ぎをして逃げだせばよかったのに、俺のバカ。

「手間をかけさせないでいただきたい」

俺の腕をつかむゼナ王はさほど息も乱していない。

「しかたのない方だ。いますぐ私のものになっていただくよりないですね」

私のものって、まさか、俺を抱くとか、そういう意味か？

俺はいっきに青ざめた。

「いや、それ、無理だから！」

叫んでも聞き入れてもらえるわけもなく、腕を引かれて部屋へ連れ戻されそうになる。

嫌だ。

ゼナ王に抱かれるなんて、絶対嫌だ。

助けてくれ——リキャルド！

心の中で名を呼んだとき、外に続く扉のほうから足音が聞こえた。ゼナ王や周囲の者がそちらへ目をむけ、息を呑んでいる。

なんだ？

俺もつられてふりかえると——。

そこに、もっとも会いたかった男が立っていた。

「ゼナ王。カリヤから手を離してください」

その声はいままで聞いたこともないほど低く、怒りがこもっていた。

ゼナ王がこれみよがしに俺を引き寄せる。

「嫌だと言ったら」

リキャルドの青い瞳が眇《すが》められた。彼が一歩、こちらへ近づいた。ひとつに括《くく》った長い髪がゆったりと揺れる。

「カリヤは国の宝——いえ」

青い瞳がぎらりと光り、ゼナ王をとらえる。

「私のものです」

はっきりとした口調で、言い切った。

「誰にも渡しません。もし手をだそうとする者がいたら、容赦はしません」

リキャルドがゆっくりと歩いてくる。腰には剣をさげており、その柄に手をかけた。

「私の腕前はご存じでしたね」

ゼナ王がわずかに緊張した顔を見せた。

「隣国の王を殺めるおつもりか」

「そちらから手をだしたのです。しかたがありません」

リキャルドが鞘《さや》から剣を抜き、切っ先をゼナ王へむける。ただの脅しとは思えない気迫が全身から放たれていた。

ふたりの距離は数メートル離れている。しかしリキャルドが本気をだしたら、その程度の距離など問題とならないだろう。

ゼナ王の俺をつかむ手が汗ばんできていた。しかし態度は余裕そうにみせている。

「私のものとは、聞き捨てなりませんね。カリヤはあなたとの婚約を嫌がっていると聞いていますが。カリヤの意思を尊重するべきでは？」

リキャルドが言い返せず押し黙る。俺はとっさに口を挟んだ。

「お、俺、リキャルドがいい！」

ゼナ王が驚いたように見おろしてきた。

「カリヤ？」

「ゼナ王には申し訳ないけど、俺、リキャルドじゃなきゃ嫌だ！」

俺がこれほどはっきりと自己主張したのは、ゼナ王の前では初めてだ。だから意表をつかれたのだろう。俺をつかむ手が緩んだ。その隙に俺は手をふり払い、リキャルドの元へ駆けた。

「カリヤ……！」

リキャルドの胸に飛び込むように抱きつくと、左腕で強く抱き返された。そして背後へ庇われる。リキャルドはまだ剣をかまえているのだ。

その様子を見たゼナ王が、芝居がかった仕草でため息をついた。

「しかたがない。今日のところは引きましょう」

ゼナ王は従者たちを下がらせると、俺に目をむけた。

「すこし強引にしすぎましたが、これも愛ゆえとご理解ください。これ以上きらわれたくないので、今日はリキャルド王子にあなたを委ねますが、私のことはどうかお忘れないように。今後も造船のことで度々お会いすることもあるでしょう」

また会う日まで、と言ってゼナ王はきびすを返した。

従者たちもいなくなり、その場に俺たちふたりが残される。

リキャルドが剣を鞘に収めた。

「帰るか」

まっすぐな瞳に見つめられ、俺はうんと頷いた。

遠巻きに眺めている宿の従業員たちに会釈をし、俺たちは外へ出た。

すでに陽は落ち、一番星が瞬いているが、水平線はオレンジ色で、かろうじて暗闇ではない。

「リキャルド。なんでここがわかったんだ」

「各国の首脳たちの旅程は、事前に把握している」

門のところに馬らしき動物が繋がれており、リキャルドが手綱をとって、跨《また》がった。そして俺へ手を差しだしてくる。

そこで思いだした。リキャルド、大ケガしてるんだった！

「おい、馬なんて乗って、だいじょうぶなのか？　骨折してるんだろ？　痛むんじゃ――」

言いかけている途中で彼の手が俺の身体をさらい、馬上へ引きあげてくれた。

彼に負担をかけないように、俺は慌てて馬に跨がり、リキャルドの前へ収まった。

「骨折なんてしていないぞ」

リキャルドが平然と言いながら馬を進める。

「え、でも、侍従が――」

「聞き間違えたか、大げさに言ったか。背中に多少火傷を負ったが、たいしたことはない」

本当だろうか。たしかに骨折なんてしてたら、俺を馬上に引きあげるなんて無理か。

でも昨日はかなり消耗していた感じだったし、たいしたことはない、なんてことはないと思うんだけど……。

心配していたら、耳の辺りで、ふっと笑うような彼の息遣いを感じた。

「そんなことより、もっとほかに聞きたい言葉があるんだが」

声が、やけに甘い。

「なに……あ、助けに来てくれてありがとう」

そういえばまだ礼を言っていなかったと気づき、口にしたら、また甘く優しく笑われた。

「それよりも、聞きたい言葉がある」

「なんだ」

「おまえの口から聞きたいことだ。わからないか」

なんだろう。まったくわからなくて首をかしげていると、しかたないなとでも言いたげな、甘い吐息混じりに告げられた。

「さっき、ゼナ王に言っていたことを、私に直接言ってくれないか」

「え……」

「ゼナ王じゃなく、私がいい、と」

そうだ。俺、リキャルドじゃなきゃ嫌だなんて、公衆の面前で言ったんだった。必死だったからとっさに言っちゃったけど、しっかりリキャルド本人に聞かれていたんだった……！

恥ずかしさで顔が熱くなる。

俺を支えるリキャルドの左腕に、力が込められた。俺の背中に彼の胸が密着する。

「言ってくれないのか」

「え……と」

「べつの言葉に代えてくれてもいい。たとえば……好きだ、とか」

そんなこと、言えるわけない。

甘い空気が恥ずかしく、落ち着かない。

あ……。

落ち着かないのはこの甘い空気だけではないことに、俺はそのとき気づいた。

「リキャルド、ちょっとおろしてくれ」

会話中も馬は道を進んでおり、辺りは荒野のような場所に来ていた。

「どうした」

「トイレ」

リキャルドがげんなりした顔をしただろうことは、見なくてもわかった。

ムードのないやつですまん。でも俺だって、したくてするんじゃないんだい。

馬からおりた俺は道から外れ、背丈ほどもある草むらの中へ分け入った。小用をすませて戻ろうとしたとき、ふと草むらの奥に、奇妙なものをみつけた。

大きなリュックらしきものがいくつも転がっていた。それからちらっと人の姿が見えたような気がした。

馬上から見た感じでは、見渡す限りの荒野だ。俺たちが出てきた宿の周囲にもそもそも民家はなく、人里離れた地域といった感じなのだ。それなのになんでこんなところにリュックがたくさんあるんだろう。ピクニックだとしても、ちょっと不自然な場所と時間じゃないか。

ほんの興味本位で、もう一歩茂みの奥へ踏み込んでみた。

すると、今度ははっきりと人の姿が見えた。膝を抱えて乾いた地面にすわっている人がいる。

相手も俺に気づき、目があった。

「え？　なんで？」

思わず、声が出た。

だって、相手はどこからどう見ても、女性だったんだ。

長い黒髪を三つ編みにしていて、鮮やかなロングスカートを穿《は》いている。ゆったりしたブラウスの上からでも、胸の膨らみがわかる。顔立ちも柔らかく女性らしい。

俺の女装のような不自然さはない。

「なんで女の人がこんなところに」

俺が呟くと、彼女は目を見開き、そして言った。

「カロヤン語！　ねえ、あなた、どうして。カロヤン語を喋れるの？——ちょ、ちょっとみんな！　カロヤン語を喋ってる人がいるわ！」

直後、草むらで死角になっていた場所からわらわらと女性たちが現れた。ざっと十人ほどだろうか。二十代ぐらいの若い女性ばかりだ。

女性は絶滅したと聞いているのにどうして、と驚く俺のまわりに女性たちが集まってくる。

「ねえあなた、カロヤン国の人なの？　もしかして、ここもカロヤンのどこか？」

「まさかそんなはずないわよ。あんな砂漠はカロヤンにはないもの。でも、あなた、その言葉を喋れるってことはカロヤンの人なの？」

「そんなことより、ねえ、安眠できる場所を教えてほしいわ」

口々に尋ねられて、俺はますます面食らった。

「カロヤンって……どこですか」

国と言うからには国名だろうか。それとも地名？

首脳会議が開かれたから、俺もこの大陸の主要国の名前ぐらいは勉強した。が、カロヤンなんて国名は聞き覚えがない。

「どこって、海のむこうよ。そうとしか言いようがないわ。だって私たち、ここがどこだかわからないんだもの。私たち、旅の踊り子なの。次の土地へ船で移動中に嵐に遭ってこの地へ流れ着いたのよ。さっき出会った人には言葉が通じなかったし、ここはカロヤンじゃなさそうだと思ってるんだけど」

「えっと……大陸の共通語は……？」

「なによそれ。だから——」

彼女たちが興奮している理由がはじめはわからなかった、が、なんども似たような会話をくり返した末、ようやくぴんときた。

俺、魔法の翻訳機能のおかげで、どの国の言葉も聞けるんだった。俺が喋る言葉も自動でこの国の言葉に変換されている。

もしかして、相手の第一言語にあわせて、変換される言葉も変わっているのかも。

この女性たちの母国語がカロヤン語というものなのだろう。だから俺の発する言葉は彼女たちにはカロヤン語に聞こえているんだ。

そして、女性は海の向こうから来たと言った。

「まさか……あなたたちは、新大陸の人……この大陸の人たちではないんですか」

答えはイエス、だった。

砂漠に流れ着き、人里求めてどうにかここまで歩いてきたという。食料も尽きかけ、でもどうにかここまでたどり着いたのが今日の夕方。旅人がひと組通ったので話しかけてみたが、まったく言葉が通じず相手にもされず、途方に暮れていたという。

「ちょ、ちょっと、こっちに来てください」

俺は彼女たちを連れて草むらを引き返した。

馬からおりて俺を待っていたリキャルドは、俺たちの姿を見てあ然とした。

小用を足しに行ったはずの俺がぞろぞろと女性を引き連れて帰ってきたんだから、そりゃ言葉もないよな。

「……いったい……」

「えーと。女性らしいぞ」

俺は彼女たちの身の上をリキャルドに話して聞かせた。

聞き終えたリキャルドは、衝撃と感動、半信半疑、様々な感情を表情にのせていた。

「やっぱり、新大陸はあるんだな」

最終的に、瞳を輝かせてそう呟いた。

「この人たち、宿と食料を必要としているんだけど、王宮で保護してもらえるよな」

「当然だ。手厚い待遇を約束しよう」

そんな話をしていると、デシデリア国の兵士たちがこちらにやってくるのが見えた。リキャルド曰《いわ》く、俺の捜索隊だそうだ。リキャルドは彼らの準備が整うのを待てず、先に王宮を飛びだしてきたらしい。

彼らに女性たちの護送を任せ、みんなで俺たちの王宮へ戻ることになった。

八

女性たちに通訳できるのは俺しかいない。なので、デシデリアの王宮に着くと、彼女たちへなんやかんや説明をしているうちに夜更けになってしまった。

その間、リキャルドも俺にずっとつきあってくれていたのだが、ひと区切りついて自室へ戻ると、リキャルドも俺の部屋についてきた。

「ちょっと話をしよう」

そう言って居間へ入り、棚からグラスとワインをとりだし、ふたりぶんを注ぐ。

朝、ゼナ王と飲んだワインはすでに片付けられていた。

俺は自室だというのに身の置き場がないような落ち着かない気分で、すわりもせず、彼の立ち姿を眺めていた。

「酒、だいじょうぶなのか？　ケガにさわるんじゃないのか。もう休んだほうが……」

「これぐらいは問題ないし、今夜は眠れそうにない」

言いながらさりげなくこちらへむけられた瞳が甘く色っぽくて、女性の出現で忘れていた胸の高鳴りと緊張が再燃する。

俺も今夜は眠れそうにない、と思う。テーブルには食事が用意されていたが、それに手をつける気分にもなれなかった。頭の中は、リキャルドのことでいっぱいだ。

リキャルドがワイングラスを持って俺のそばにやってきた。

「今後、私以外の者から渡された飲食物には、手をつけないように」

俺はちいさく頷き、差しだされたグラスを受けとった。

すぐそばにソファがあるのに、ふたりとも立ったまま、グラスに口をつける。

リキャルドはゆっくりと飲みながら、無言で俺を見つめる。

無言なのに彼の瞳はひどく熱っぽくて、雄弁に口説かれている気分になる。ワインの芳《ほう》醇《じゅん》な香りもあわさって、くらくらしそうだ。

「さて。女性と会う直前からの続きをしよう」

リキャルドはワインをすべて飲み干すとグラスをテーブルへ置いた。

「私への気持ちを、教えてくれ」

熱っぽい言葉に、耳が熱くなる。

「私は、昨日の火事と今日の誘拐で、心底思った。おまえが必要だと。失うわけにはいかないと。その前から思っていたことだったが、今回のことで、痛感した」

まっすぐな視線。青い瞳が熱を持って真摯に訴えかけてくる。

俺は彼の視線から逃げるように、自分の手にあるグラスに目をむけた。それでも、彼の熱い視線をひたいに感じ、胸の鼓動が速まってくる。

俺はまだワインをひと口しか飲んでいない。けれど、リキャルドのせいでもう酔ってしまったように身体が熱い。

「なんで、そんなに……俺、男だし、強面だし、愛想もないし。なんで俺なんかがいいんだ」

俺とリキャルドじゃあ釣りあわないと思うんだ。本物の女性が現れたいまとなっては、なおさらそう思う。

「その理由は、もう言ったと思うが。また聞きたいか。聞きたいなら、いくらでも言ってやるが」

俺は首をふり、でも納得がいかず、ぐずぐずと続ける。

「今日、女性を見ただろ。男とは全然違うだろ」

「そうだな」

「……やっぱり女性がいいとは、思わなかったのか」

「次期国王候補としては、そう思えたほうがよかったのかもしれんが、残念ながら、まったく思えなかった。おまえのことしか考えていなかったな」

リキャルドはさっぱりした口調で言い切った。

「おまえが男だということはわかっている。それでもおまえがいいんだ。おまえも久しぶりに女性を見たわけだが、やっぱり女性がいいか」

「………」

俺もリキャルドが好きだ。やっぱり性別なんて関係ない。でも、リキャルドが好きだと自覚したばかりで、面とむかって口にするのは恥ずかしい。

俯いたままワインをひと口飲んで、ごにょごにょと言ってやった。

「うん……まあ……俺も、リキャルドのことしか考えてなかった、よ……」

リキャルドの手が俺のグラスを奪い、テーブルへ置いた。

「つまり？」

顔を覗き込まれる。どうしても言わせたいらしい。

「二日続けておまえを救出した私に、褒美の言葉を与えてやろうと思わないか」

ああ、もう。

俺は観念し、真っ赤な顔をして睨みながら言ってやった。

「だから……、俺も、リキャルドがいいんだ。………好きだ……と思う」

青い瞳があでやかにきらめき、満足そうに細められた。その瞳の奥から香り立つような色気が滲んできて、俺は目を奪われた。

肩をつかまれ、彼の顔がゆっくりと近づいてきた。

キスの予感に、俺はうろたえた。キスが嫌だからじゃなく、恥ずかしくて。出会った当初はケンカしていた仲なのに、どうしてこんなことになっているのか。

そんなふうに思いながらも、俺は逃げもせず、彼の唇を待ち受けた。

しっとりと唇が重なる。とたん、身体の中でなにかが弾けたような感覚を覚えた。

ああ、やっぱりリキャルドにキスされると、俺はおかしくなる。

気持ちがよくて、夢中になる。

唇を舌で舐められ、俺は唇を開いた。すると舌が入ってきて、俺のそれを探すような動きをする。俺がそっと舌先を伸ばすと、熱く絡んできた。

「……ん、ぁ」

キスがはじまったばかりだというのに、俺の身体は熱くなり、下腹部も興奮していた。

こうなることをずっと待ち望んでいたかのように、俺は積極的にキスをし、男の背中に腕をまわしていた。

「カリヤ……」

ささやく男の声もいっそう色気を増し、興奮していた。男の両腕が俺の背中にまわり、きつく抱きしめられる。

キスが深くなり、唾液が口の端から零れる。

「ふ、ぁ」

甘く蕩けるようなキスに酔い、頭がぼんやりして来た頃、ふいに唇が離れ、耳元でささやかれた。

「となりの部屋へ行こう」

「え、ぅわ」

いきなり抱えられ、寝室へ連れていかれた。

ベッドにおろされると、リキャルドが俺の上に覆い被さってきた。否応もなくキスが再開する。

「ん……ん……」

またもや気持ちのいいキスをされるが、今度は夢中になれなかった。なぜって、身体を撫でられているから。

ベッドに連れられて、身体をさわられてるって……これって、リキャルドはキス以上のことをする気なのか……？

「リ、リキャルド……ん……っ」

シャツを捲《まく》られ、中に彼の手が入り込んでくる。素肌の腹を撫でられ、ぞくぞくと甘い震えが走った。

「こういうのは、嫌か？」

青い瞳が、すこしだけ気遣うような色を見せる。

俺も、リキャルドが好きなのは認める。正直、さわられるのも嫌じゃない。というか、こうしてさわられてみたら、もっと……と思う気持ちも芽生えている。でも、早すぎないか？

リキャルドだって、大ケガしてるはずなのに……。

「嫌だったとしても……すまん。とまらない」

「そんな……ん、ぁ」

「おまえに、こうしてさわりたかった……」

俺の戸惑いは彼の奔流のような気持ちと愛撫《あいぶ》によって押し流された。

「一刻も早くおまえがほしい。そうしないと、安心できない」

昨日は火事で今日は誘拐だ。安心できない、なんてリキャルドに言わせてしまうほど心配をかけたと思うと、恥ずかしいからなんて理由で拒否はできなかった。

「で、でも、あ……、汗臭いから、入浴してから」

「かまわない。おまえの匂いはきらいじゃない」

監禁されていた頃、境界線代わりにベッドに俺の服を置いたら、ものすごく嫌がられた覚えがある。あの頃が嘘のようなセリフだ。

「あんた、潔癖症だったはずじゃ――」

「私にとっておまえは例外になったから、いいんだ。もう気にならない」

「でも……あ、あ……」

彼の片手が俺の胸元をまさぐり、もう一方の手が俺のものにふれる。いつのまにかシャツの前ボタンはすべて外され、ズボンも腿《もも》の辺りまでおろされていた。

中心への刺激が大胆になってくる。キスだけで兆していたそれは、刺激されたらあっというまに硬く屹立《きつりつ》した。そうなると俺も、とまらない。拒否などするつもりもなくなった。

「ん……は……」

快感で鼻に抜けるような声が漏れる。

人とふれあうのはリキャルドが初めてだ。自分でするのではなく、好きな人に身体をさわられることがこれほど恥ずかしく、また、これほどの快感を生み出すものだとは知らなかった。こちらもリキャルドを気持ちよくしてやりたいと思うのに、与えられる快感が強すぎてまならない。たくましい腕に夢中でしがみつき、増幅していく快楽に耐えるばかりだ。

リキャルドも夢中で俺の身体にさわり、あちこちに口づけている。そのうち汗ばんできたらしく、彼はシャツを脱いだ。シャツの下は、肩から腹の辺りまで包帯が巻かれていた。本人は火傷だけだと言っていたが、本当にそうだとしても、かなり広範囲の火傷なんじゃないか。

こんな興奮するようなことをしていい身体じゃないのでは……？

「そんな顔をするな。名誉の負傷だ」

心配したのが顔に出たようで、リキャルドが俺の頬を撫でた。

「……かなりひどいんじゃないか。痛むよな」

「そうでもない。いまは痛みを忘れていた。痛み止めを使っているしな」

「でも、やめたほうが……」

「くどいな。痛かったら、こんなことにはなっていない」

リキャルドが苦笑しつつ俺の太腿に腰を押し当てた。彼のそこは俺以上に硬く猛《たけ》っていた。

「いまはケガよりおまえだ」

彼の手がそれまでよりも淫《みだ》らに動きだす。俺よりも大きな手ですっぽりと包まれ、先走りを塗り広げるように先端から根元までしごかれると、身もだえするほど気持ちよかった。

食事に催淫剤を混ぜ込まれたときは、強制的に欲望を引きだされている感覚があった。いまも興奮していることは一緒なのに、あのときとはまったく違う快感があった。

気持ちが伴っているからだろうか、催淫剤のときよりももっとずっと幸福感と緊張感に満ちた欲望がある。

「あ……リキャルド……もう……」

解放の欲求が高まり、無意識に四肢に力が入る。彼の腕にしがみつく手が汗で滑る。じっとしていられなくて脚をごそごそ動かしているうちにズボンも脱げた。その脚を彼の腰に絡ませたら、俺のものよりも興奮した猛りが内腿でこすれ、それを意識してさらに興奮した。

リキャルドも興奮したように荒い息を吐き、俺に口づけてきた。

自慰している姿は散々リキャルドに見せてきたが、こんなふうに彼の手によって導かれ、じっくりと見られながら達するのは恥ずかしい。でももうそんなことを考えている余裕もなくなっていた。

もう、早くどうにかなりたい。この熱をどうにかしてほしい。

我慢できない。

身体はどうしようもなく高ぶり、導かれるままに身を委ねた。

「っ――」

全身を震わせながら欲望を放つと、唇が離れていった。心地よい解放感を覚えながら深く息をつく。

恥ずかしくてリキャルドのほうを見ることはできず、俺は俯きがちにのそのそと起きあがった。

「……あんたも」

俺ばかりが気持ちよくされてしまったので、今度はリキャルドの番だ。そう思って彼の猛りに手を伸ばしかけたが、とめられた。

「おなじようにするつもりか」

「そのつもりだけど……」

「おまえの国の男同士のやり方でしたいんだが……だめか」

俺は思わず彼を見あげた。

欲望に濡《ぬ》れた瞳が、俺をほしいと訴えている。

後ろを使うことにはものすごく抵抗がある。嫌だと言ったら、リキャルドは無理強《じ》いはしないだろう。どうしよう、とすこしだけためらった。でも、リキャルドとひとつになりたいという気持ちがそれ以上にあったから、俺は頷いた。

「……でも、たぶんいきなりは無理だと思う。オイルとか、なにか使って……」

リキャルドが待っていろと言い置いて部屋から出ていき、やがて小瓶を手にして戻ってきた。

「身体に塗る香油だが、これでいいか」

よくわからないが、たぶんだいじょうぶかな……。

「じつは侍従から、催淫剤入りの香油も渡されている。昔、女性とするときに使われていたものだそうだ。そちらを使うこともできるが……」

「クスリはもううんざりだ」

もし痛かったとしても、催淫剤は使いたくなかった。

「そう言うだろうと思った」

リキャルドが香油の蓋をはずし、油を手に滴らせる。そして俺の身体を仰向《あおむ》けに押し倒し、両脚を広げさせた。

うわ……。こんな格好……。

ものすごく恥ずかしい。顔から火が出そうだ。

目を瞑《つぶ》り、両腕で顔を隠すと、彼の指先が俺の後ろに触れてきた。

「ここ……か」

「ん……」

指が一本、ぬるりと入ってきた。香油のおかげで思っていたほど辛《つら》くはない。

「すごく狭そうだな。本当にここで……？」

「よく慣らして……、その、ひ、広げて……くれ……。無理はしないでくれ」

「ああ」

リキャルドの指は慎重に動き、ゆっくりと抜き差しをはじめた。

なんとも言えぬ感覚に、力が入りそうになる。でも意識的に力を抜き、彼の指の動きに合わせて腰を動かしてみた。そうすると次第に慣れてきて、二本目の指もなんなく受け入れられた。

「すごいな……中が、蠢《うごめ》いている……」

感心したように告げられ、無性に恥ずかしくなる。

「そ……ん……っ、なこと……っ」

そんなことは言わなくていい。まるで、淫らな身体みたいじゃないか。

指をぬぷぬぷと抜き差しする水音がそこから聞こえてきて、ものすごくいやらしいことをしている気分になる。

「もうすこし、濡らしたほうがいいか？」

「……っ、任せる……、ん、ぁ……っ」

二本の指がそこを広げる。指を伝って、香油を中に注ぎ込まれた。

やや冷たい、とろりとした液体の感触を粘膜に覚えた。指が三本に増え、香油を奥へと流し込まれる。ちょっときつい。でもぬるぬるして、つるっと入ってしまう。出し入れされているうちに、そこを広げられる快感を覚えはじめ、我慢しても喘ぎ声が出てしまう。

「あ……ん、ん……っ」

「だいじょうぶか」

「平気……、……っ」

リキャルドは抜き差しをくり返しながらなんども俺に確認し、慎重にそこを広げていった。香油をまた注がれる。今度はたくさん入れられるように腰を持ちあげられた。たぷたぷと音がするほどの量で、溢れて肌を伝う。

「あ……そんなに……」

「だめか？　できるかぎり深く繋がりたいんだが。指で届くところまででは、とても足りない」

三本の指を入れられているのに、痛みはない。丁寧に広げられたおかげでそこはじゅうぶんに緩んでいるようだった。

「リキャルド……もう、いいから……」

「だいじょうぶか」

「ああ」

本当は、もういいかなんてよくわからない。でも好きな男の眼前で、仰向けで両脚を広げ、後ろに指を入れられているという、とんでもない痴態をこれ以上続けるのは耐えられなかった。リキャルドが指を引き抜き、ズボンを脱ぐ。すると驚くほど大きく膨張し、硬く反り返っている彼のものが目に飛び込んできた。自慰をしている姿は見ていたが、これほどはっきりとそこを目にしたのは初めてだ。

自分のサイズと比較し、尻込みしそうになった。

でもいまさら嫌だと言うつもりもない。俺のほうもいちど達《い》ったはずなのに、興奮して再び熱を持っている。

後ろに彼の猛りが押し当てられた。

グッと、力強く入り込んでくる。

「……っ」

指とは比べものにならない質量に息がとまった。熱くて硬くて、とても太いものが、香油のぬめりを帯びてゆっくりと奥へと進んでくる。俺のそこは限界まで開ききって、男の楔《くさび》を呑み込んでいく。

粘膜が開かれていく感触で、猛りの進み具合がわかった。指が届いていた辺りまでは、香油のぬめりでぬるぬると進んでいたが、それより先は、侵入がいったんとまった。リキャルドが息を吐き、再びゆっくりと腰を進める。

「ふ……ぁ」

指が届かなかった場所が開かれていく。なんていうか、ものすごくリアルな感触だ。香油の量が少ないぶん、滑りが悪いから、中で強くこすれながら入ってくる。

そのうち、太い笠の部分がとある場所を通過した。とたん、身体に電流が流れたように、強烈に甘い快感に貫かれた。

「あ、あっ……、んぁ……」

嬌声《きょうせい》を漏らしながら、びくびくと身体が跳ねる。その反応に、リキャルドが動きをとめ、それから俺の様子を見ながら、すこし猛りを引いた。それにより、いちど通過した笠の部分がもういちどポイントを刺激していく。

「あ、そこ……、だめ……っ」

「ここか」

リキャルドが腰を小刻みに動かし、ポイントをなんどもいったりきたりさせた。

催淫剤でも感じたことのなかった、これまで感じたことのない快感に腰が震え、身体の奥が蕩けだす。

「あ、……ん、あ、あ……っ、だめ、だって……っ」

嬌声がとまらない。その場所で抜き差しされればされるだけ快感が膨れあがり、身体の中で駆け巡る。頭も身体も快楽で沸騰し、わけがわからなくなった。

「カリヤ……、もっと奥まで入りたい」

「ん、ん……、入って……っ」

快感が強すぎて、自分がなにを言っているかもよく理解しないまま、リキャルドの求めに応じていた。

「この体勢じゃ無理だ。脚を持ってくれ」

言われるがままに、俺は自分の両脚を抱えた。するともっと脚を開くようにリキャルドに指示され、めいっぱい開いてみせた。

リキャルドが俺の腰を持ちあげ、上から覆い被さるように垂直に猛りを埋め込んできた。さらに奥まで、太いもので満ちる。

「あ……ぁ」

尻に彼の下腹部が当たり、根元までずっぷりと嵌《は》め込まれたのがわかった。

これでリキャルドとひとつになれたのだと思うと、快感だけでなく深い感動も覚えた。

リキャルドが半分ほど引き抜き、そしてまた押し入れる。

「辛くないか」

「ん……あんたは」

「私は、信じられないぐらい気持ちいいが」

リキャルドは快感を堪えるような息をつき、抜き差しをした。

おなじペースでゆっくりとなんども出し入れされ、快感が増幅していく。

俺の尻と彼の下腹部がぶつかるたびに香油が飛び散り、濡れた感触が尻に広がっていく。

結合部はすでにぐちょぐちょだ。汗と香油でシーツもひどいことになっているに違いない。

「あ……、あ……」

ゆっくりでも的確に、感じるポイントをこすりあげられ、快感でおかしくなりそうだ。抜き差しされている部分だけでなく、全身が性感帯にでもなったかのように、互いの淫靡《いんび》な息遣いや、したたり落ちてくる男の汗にまで感じてしまう。

そのうち、彼の流れる汗が増し、息遣いが速くなるにつれ、抜き差しのスピードも速まってきた。それに伴い、身体の中で駆け巡っている快感も制御できなくなっていた。

熱い。熱くて爆発しそうだ。

ふつうの自慰よりも催淫剤での自慰のほうが強烈な快感だった。だが好きな相手とのセックスは、そんなものよりも何倍も快楽が深い。

気持ちよすぎて涙が溢れる。腰が蕩けて壊れそうだ。

「リキャルド……、俺、も……、あ、あ……っ」

限界を告げる前に極みに到達しかけた。俺はとっさに脚を抱えていた手を離し、手足を男

の身体に絡ませた。

耐えるつもりだったのに、その行為が逆に結合を強め、ひときわ強い快楽に背筋を貫かれた。まぶたの裏に白い閃光が放たれ、とびきりの快楽に見舞われる。内股がヒクヒクと震え、つま先も痺れる。全身が震えると共に粘膜が収縮し、蠕動《ぜんどう》する。同時に俺の体内にあった彼の猛りがビクンと震え、熱いものを奥に放った。

「――っ！」

どくどくと音を立てて欲望を注がれた。自分でも触れたことのない奥をたっぷり濡らされ、その感触に陶然としていると、腕を引かれて身を起こされた。

楔は繋がったまま、あぐらをかく彼の上にすわらされると、結合部からどろりと熱いものが流れて落ちていく感触があった。

「あ……ん」

「まだ足りない。もういちど……」

リキャルドが俺にキスをしながら、ゆっくりと腰を揺さぶりはじめる。

「あ……、あ……っ、リキャルド……っ」

もういちど、どころか、夜が明けるまで俺たちは抱きあい、互いの身体を貪《むさぼ》った。

「カリヤ様。婚約発表の儀には、伝統に則《のっと》り、純白のドレスをご用意いたします。よろしゅうございますな」

「いや……白はいいけど、ドレスじゃなくてズボンで……」

興奮気味に話す侍従に、俺はげんなりと答えた。

カロヤン国の女性たちとの遭遇からひと月が経過していた。

にもかかわらず、あいかわらず俺は女性扱いされている。なんでだ。

リキャルドと恋人になったから、俺もあまり強く否定できないのだが。

そして今度、俺とリキャルドは公式に婚約することになってしまった。

さすがに結婚は、男だから無理だと言ったんだが、じつはこの国の法律では、男同士の結婚が可能なんだそうだ。男同士での恋愛なんて想定外という国だから、結婚を禁止する文言をわざわざ法律に組み込んでいないのだ。その抜け穴で、俺たちは結婚しちゃうことになりそうなんだけど……いいのか？

婚約は、リキャルドの強い希望だ。

本物の女性もいるのに、男の俺と本当に婚約しちゃっていいのか、とリキャルドにはなんども確認したんだが、彼の意志は固く、俺は彼の気持ちを信じることにした。

カロヤン国の女性たちはこの国をとても気に入ってくれていて、定住する気があるらしい。

彼女らの話により、新大陸の位置などもおぼろげにわかってきていて、船を造って渡航する計画も立てられている。

女性問題が一気に解決、とまではまだまだいかないけれど、いずれ新大陸に渡れて、そちらの国々と国交を結ぶことができれば、未来の展望は明るい。

「カリヤ様。今回ばかりはわがままは聞き入れられません。ドレスです。ぜひ国民に、カリヤ様のドレス姿を」

「いや……その……」

なぜここの人たちはこうも俺にドレスを着せたがるんだ。

「ええと……」

困っていると、出入り口の扉がノックされた。

「カリヤ、ちょっといいか」

リキャルドの声だ。ちょうどいいところに来てくれた。

俺は救援を求めるべく、扉へむかった。

食事とドレスと強面と

カリヤの部屋の扉をノックすると、いるはずなのに返事がなかった。

「カリヤ、入るぞ」

声をかけて室内へ入ると、彼は居間にある机にむかっていた。

「…12~15とすると……24……50……たしかナウだと……」

船の設計図を作成中らしい。なにやら一心不乱に計算しており、私が入ってきたことに気づいていない。邪魔をしてはいけないと思い、私は黙ってソファにすわり、彼の横顔を眺めた。

鋭いまなざしが独特で、本人は強面《こわもて》だという。そのせいで友だちもできなかったと。

たしかに強面ではある。が、言うほどのものではない。友だちができなかったのは、会話中伏し目がちなことが多かったり、どことなく人を寄せつけない排他的な雰囲気があったりなど、顔の造作云々《うんぬん》よりも、とっつきにくい印象が強いせいではないだろうか。

見慣れればなんてことはない。

鋭いまなざしも見慣れると、それがこの男の魅力なのだと感じるようになった。

夢は叶《かな》うと言いきった、強い瞳。その輝きに強く惹《ひ》かれてしまう。

「はぁ」

計算が終わったのか、カリヤが息をついて顔をあげた。その目が私をとらえる。

射すくめるようなそれが、驚きで丸くなる。

「わ。リキャルド⁉　いつからそこに」

「ついさっきだ。声をかけたんだが」

「本当か。ごめん、集中してて気づかなかった」

私だと認識したとたんに瞳から鋭さが消え、ふにゃり、と相好《そうこう》を崩す。

その笑顔のかわいさといったら。鋭く睨《にら》まれたあとにこれをやられたら、たまらない。心臓がやられる。

本人はわかっていないから始末が悪い。

「相当熱心だったな。切りはつきそうか」

「ああ。ちょうどいま、難問が終わってひと息つけそうなところ。どうしたんだ」

「厨房《ちゅうぼう》を使いたいと昨日言っていただろう。話をつけてきたから、いつでも使えるぞ」

カリヤが顔を輝かせて立ちあがった。

「マジか。やった。ありがとう！」

この国の食事に対する不満が募りに募っていたらしく、昨夜、自分で調理したいと言われたのだ。恋人の望みを叶えるため、さっそく侍従《じじゅう》長にかけあったのである。

しかし、いまにも駆けだしそうな彼に、私は待ったをかけた。

「ただし、条件があるそうだ」

「なんだ」

「私たちの婚姻《こんいん》の際に、ドレスを着ることだ」

「はあっ⁉」

カリヤが素《す》っ頓狂《とんきょう》な声をだした。

「なんだよそれ！　あんたまさか、その条件を呑んだのか⁉」

「いや。私は侍従長から言葉を預かってきただけだ。選択権はおまえにある」

カリヤの華奢《きゃしゃ》な肩が震える。

「侍従長の提案か……？　なんで侍従たちは俺にドレスを着せようとするんだっ。俺なんかが着たって、気持ち悪いだけじゃないかっ。なあ？」

その問いかけに、私は返事ができなかった。

カリヤはどこからどう見ても男だ。それなのに、彼のドレス姿は、案外見られる、というか、正直……かわいい。

短髪のままだとさすがに違和感が残るが、長髪のカツラをかぶったら、文句なく似合っていた。

以前感想を聞かれたときは素直に言えず、とっさに否定的な意見を口にしたが。

旅の踊り子たちと出会い、女性を初めて見て思ったのは、男と大差ないということだった。

男とおなじように大柄で、肉食獣のようなたくましさを感じる。胸の膨《ふく》らみや腰の丸みなど、男とは異なる身体《からだ》つきを見ても、どうも思わない。カリヤのほうがよっぽど華奢でたおやかで、色っぽいと思えてしまう。もちろんカリヤの外見に惚れたわけではないのだけれども。

きっとカリヤは特別なのだと思う。

異世界人という意味でも。私が初めて恋をした相手という意味でも。

「どうするんだ。私はどちらでもかまわないぞ」

カリヤの問いかけは素知らぬふうに聞き流し、他人事《ひとごと》のようにふるまってみせた。

「あんたは本当にどっちでもいいのか。俺がドレスを着たら、嫌じゃないか？」

嫌どころか、ぜひ着てほしいと言いたいところだが、思いとどまった。

己《おのれ》のドレス姿が気色悪いと信じている彼に似合うなどと言ったら白い目で見られそうだし、なによりちょっと照れる。

「おまえが嫌がっているのに無理強《むりじ》いするつもりはないが、まあ、ドレスのほうがなにかと都合がいいかもしれん」

「なんで」

「ドレスならば、おまえの性別を明言する必要はないが、男装だとそういうわけにもいかなくなる。なぜ男装なんだとみんな疑問を抱くだろうから。おまえが男だと知れると、私たちの仲を反対する者も出てくるだろう」

本音は私もドレス姿を見たいので、彼の背を押すようなもっともらしいことを言ってみる。

するとカリヤは唇をかみしめ、恨《うら》めしそうな目をむけてきた。

「うう……。そうか」

「私に女性をあてがおうとする者もいるかもな」

「それは……嫌だな」

カリヤは諦めたように天井を見あげた。

「……わかった。着るよ」

もっと悩むかと思っていたが、案外すんなりと受諾《じゅだく》してくれた。よほど食事への不満が強いのか、それとも私の弁に説得力があったか。

なにはともあれ、うまくいった。侍従長も、いい提案を考えついたものだ。

私は内心の喜びを隠し、立ちあがった。

「よし。ではいまから厨房へ行くか？」

「行く行く」

ということでふたりで厨房へむかった。

途中、階段をおりる際に手をとったり、扉を開けて先に歩かせるなどエスコートをしていると、カリヤが顔を赤くしてちいさな声で言った。

「その、ステキ王子みたいなこと、まだやるわけ？」

「当然だろう。以前は好きなふりだったが、いまは本当におまえが好きなのだから」

「…………」

カリヤの顔がさらに赤くなった。

そこまで大げさなことはしていないと思うのだが。

大事な人を大切に扱うという、当然のことをしているだけなのに、照れ屋な男だ。

そんなやりとりをしているうちに厨房へ着いた。

「工場かよ……」

カリヤはあ然として室内を見まわしていた。いったいどんな厨房を想像していたのだろう。

十数人いる料理人たちが緊張した面持ちで私たちに注目する。そんな彼らに手を止めないでいいと告げ、料理長にカリヤを紹介した。

「聖なる乙女、こんなむさくるしいところへようこそお越しくださいました。私は感激しております。わたくしは料理長を務《つと》めておりますモンザレと申します。かれこれ三十五年こちらに勤めておりまして、それより前は――」

カリヤを高貴な女性と思っている料理長はカリヤを目の前にして本当に感激しているようで、顔を紅潮させながら自己紹介をはじめた。

「料理長。カリヤが使ってもいい場所と食材は？」

この男の自己紹介は、放っておくと夜明けまで続くことがあると聞く。なので口を挟《はさ》んで切りあげさせた。

「失礼しました。こちらです」

厨房の一角へ案内されると、カリヤは作業台の上にのっている食材を興味深そうに眺《なが》めた。

「……えっと……」

カリヤは料理長になにか言いたそうに口ごもる。

本当に私以外の者には口が重くなる。そんなところがかわいいと思えてしまう。

「どうした」

「いや、これ……なにかなと思って」

カリヤが指さした先には見覚えのある果物がある。

「オレンジだろう」

「オレンジ……これが……？　じゃあこっちは——え、米？　えっと、それじゃあ——」

質問が続き、私と料理長で答えていく。

「そうか……そう翻訳されるのか……」

カリヤは最後には、複雑そうな顔で呟《つぶや》いていた。

「なにかおかしいのか」

「うん、いろいろと……おもしろいというか、なんというか……」

環境の異なる世界からやってきたわけだから、食材も異なる点があるのかもしれない。

次にカリヤは料理道具について料理長に質問しだした。質問をくり返しているうちに料理長にも慣れてきたらしい。

その様子をそばで見ていると、侍従が至急の仕事を伝えにやってきた。

最後まで見守るつもりだったのだが、しかたがない。彼を残して私だけ執務室へ戻ることになった。

「仕事、急ぎなんだろ。俺はだいじょうぶだから」

カリヤはそう言って私を送りだしてくれようとする。が、カリヤはだいじょうぶでも、料理人たちが妙なことをしないかと心配だ。

料理長に「わかっているな」と釘《くぎ》を刺してから仕事に戻ったものの、カリヤが心配でなかなか集中できなかった。かなり時間がかかってしまい、しかしどうにか用事をすませて厨房へ戻ろうとしたら、とちゅうでカリヤとばったり出会った。

「わあ、リキャルド。ちょうどよかった。いま料理ができて部屋へ戻ろうとしてたんだ」

彼は料理らしきものがのったワゴンを押していた。

のんびりした口調から、私の心配は杞憂《きゆう》に終わったようだと安堵《あんど》し、それから彼の手料理に興味が移った。

「それがおまえの国の食事か」

「ああ。部屋で食べようと思って」

彼に代わってワゴンを押して部屋へむかった。

カリヤの部屋へ入ると、ワゴンの上にのっているものをカリヤがテーブルへ移す。料理用のボールふたつに湯気のたつ液体が入っている。どういう料理か尋ねると、野菜スープと粥《かゆ》ということだった。私には調理の途中過程のものにしか見えない。

「これぐらいしかできなかった。まいったよ。調味料はないし、小鍋やフライパンなんてないし。お椀《わん》やフォークやナイフもないんだよな」

まいったと言いながらも、その状況を楽しんだような口ぶりである。彼のそういうところが好ましく思える。

カリヤは椅子《いす》にすわると、私を見た。

「食べてみるか?」

やや怖い気もするが、ものは試しだ。未完成の匂いがするそれを食べてみた。

……なるほど。

無言で咀嚼《そしゃく》する私を、カリヤがじっと見つめてくるので、感想を言ってやった。

「……まずくはない。だが葉野菜だけで満腹になってしまったら、ほかの栄養素をとれない。非効率的じゃないか?」

「非効率って……食事ってそういうものじゃないと思うんだけど……」

ぶつぶつ言いながらカリヤも食べはじめる。ひと口飲み込むと、その表情が幸せそうに綻《ほころ》んだ。

「うん、うまい。これだよ」

同意はしかねたが、カリヤの満足そうな顔を見ることができて、私も嬉《うれ》しい。

今日はカリヤの不満を解消できたし、私の希望であるドレスの件も約束できたし、互いに有意義な一日となって非常に満足だ。

婚姻式は来月。

そのときのことを想像して、私はひそかに頬を緩《ゆる》めた。

あとがき

こんにちは、松雪奈々です。

この度は「アレがない人の国」をお手にとっていただき、ありがとうございます。


このお話は、ケンカップルの花嫁ものということになるのでしょうか。

お話を書き終えたあと、表紙のイラストをドレス姿にするのはどうかと編集者様からご相談があったときに初めて、あ、これって花嫁ものなのか、と気づきました。

なぜ気づかなかったのでしょうね。

肛門ネタに気をとられすぎていたせいでしょうか。


編集者様にこのお話を提案した際、きっとこれはボツだろうなあと思っていたんですよね。いくら突飛な設定を求められているといっても、さすがにこれは下品すぎるだろうと。それがまあ、あっさりＯＫが出てびびりました。

え、本当にいいんですか……？

本当に書いちゃいますよ……（汗）

とか言いながら書いちゃいましたけど。

しかしこの世界の人たちって、異物を飲み込んだときどうするんでしょうね……。金属だったら磁石を飲み込むとか……？　あとは吐くするしかないのかな……。

作者がこうなのだから、読者の皆様はほかにもたくさん疑問点が残ったのではないかと思いますが、まあその、ファンタジーってことで、どうか理由や理屈は考えないようにお願いいたします。

カワイチハル先生、素敵なイラストをありがとうございます。ご多忙の中、こんなわけのわからない話のイラストを引き受けていただきまして、本当に感謝です。

また担当編集者様をはじめ、この本の作製に関わったすべての皆様に御礼申しあげます。

それでは読者の皆様、またどこかでお会いできたら嬉しいです。

二〇一六年二月

松雪奈々

✦初出　アレがない人の国……………………書き下ろし
食事とドレスと強面と……………書き下ろし

松雪奈々先生、カワイチハル先生へのお便り、本作品に関するご意見、ご感想などは
〒151-0051 東京都渋谷区千駄ヶ谷 4-9-7
幻冬舎コミックス　ルチル文庫「アレがない人の国」係まで。

幻冬舎ルチル文庫

アレがない人の国

2016年3月20日　　第1刷発行

✦著者	松雪奈々　まつゆき なな
✦発行人	石原正康
✦発行元	株式会社 幻冬舎コミックス 〒151-0051 東京都渋谷区千駄ヶ谷 4-9-7 電話 03(5411)6431［編集］
✦発売元	株式会社 幻冬舎 〒151-0051 東京都渋谷区千駄ヶ谷 4-9-7 電話 03(5411)6222［営業］ 振替 00120-8-767643
✦印刷・製本所	中央精版印刷株式会社

✦検印廃止

ISBN978-4-344-83689-1　C0193　Printed in Japan

「幻冬舎ルチル文庫」
大好評発売中

イラスト　コウキ。

松雪奈々
「ウサギの国のキュウリ」

いくさに敗れた九里は偶然ウサギの王国に流れ着き、神主見習いの十四朗と出会う。烏族の九里の背には黒い翼が、十四朗の頭にはウサ耳が生えていた。種族の違う二人は一度幼い頃出会っていて、もしやこの再会は運命!? だが性に奔放なウサギの国に貞操観念が異常に発達した種族の九里が来たことで、えろーすにまみれた事件が二人をすれ違わせて!?

本体価格600円+税

発行●幻冬舎コミックス　発売●幻冬舎